Von Tieren und Menschen

Umschlagsfoto:

„Vogel mit Schale"

Erwin de Buhr (2017)

Von Tieren und Menschen

Geschichten zum Schmunzeln und

Wundern

(1999-2019)

Marion Scheer

Bibliografische Information der Deutschen Nationalbibliothek: Die Deutsche Nationalbibliothek verzeich-
net diese Publikation in der Deutschen Nationalbibli-
ografie; detaillierte bibliografische Daten sind im
Internet über dnb.dnb.de abrufbar.

© 2019 Marion Scheer

Herstellung und Verlag:
BoD – Books on Demand, Norderstedt
ISBN: 9 783744 887236

Zur Autorin

Marion Scheer wurde 1952 in Düsseldorf geboren. Im Anschluss an eine Banklehre und einige Jahre als Sachbearbeiterin bei einer Düsseldorfer Großbank, studierte sie Mathematik, Geografie und Geschichte auf Lehramt. Sie lebt und arbeitet seit fast vierzig Jahren an der ostfriesischen Nordseeküste und ist mehrfache Mutter und Oma. Solange sie schreiben kann, betreibt sie in ihrer Freizeit die Schriftstellerei. Dabei verarbeitet sie vorwiegend tatsächliche Begebenheiten und Erlebnisse zu Fantasiegeschichten. Leider verhinderten mehrere schwere Schicksalsschläge, dass ihre Romane und Kurzgeschichten schon früher veröffentlicht wurden.

Heute lebt die Schriftstellerin mit ihrem jetzigen Ehemann zurückgezogen in der Nähe von Emden.

Kontakt: mascheer@gmx.net

Inhaltsverzeichnis

I

Der wilde Gockel

Hühner hatten wir schon, seit ich denken kann. Aber mein Vater war immer dagegen, sich einen Hahn anzuschaffen.

„Das sind ja traurige Hühner - so ganz ohne Hahn!" „Ein Hahn würde für Ordnung sorgen in deiner Hühnerschar. Damit kannst du die Hennen sogar frei laufen lassen." „Mit einem guten Hahn legen die Hühner viel besser!"

Ständig versuchten ihn Verwandte und Freunde von den Vorzügen eines Hahnes zu überzeugen.

 Doch Vater blieb stur.

„Ein Hahn frisst nur und legt dafür kein einziges Ei. Der ist völlig überflüssig!", brummte er eigensinnig.

Mutter äußerte in diesem Zusammenhang einmal die Vermutung, dass er männliche Konkurrenz in Haus und Hof grundsätzlich nicht dulde. Vielleicht war das etwas krass ausgedrückt, doch hatte sie recht damit, dass wir nur weibliche Tiere besaßen.

Da gab es die schwarze Aggi, unsere lammfromme alte Kuh, mit einer winzig kleinen weißen Ohrspitze. Sie stand seit gut zwölf Jahren als zuverlässige Milchlieferantin in unseren Diensten.

Die bunte Katze Mira war zweifelsohne ebenfalls weiblich, was sie uns zweimal jährlich nach Kräften zu beweisen suchte, indem sie mindestens fünf niedliche kleine Fellknäuel zur Welt brachte.

Die Meerschweinchen meiner jüngeren Schwester hatten wir extra aus einer guten Zoohandlung erworben, die uns garantierte, dass es sich tatsächlich um zwei Weibchen handelte.

Ich selbst nannte seit meinem zehnten Geburtstag eine Rauhaardackeldame namens Lissi mein Eigen, die eine lästige weibliche Unart besaß, die Vater ständig beklagte. Sie hatte nämlich ihren eigenen Kopf.

Und dann trällerte in unserer Küche noch ein quietsch gelber Kanarienvogel, den ich zwar geschlechtlich nicht sicher zuordnen konnte, der aber immerhin den weiblichen Namen Desdemona führte.

In diese Idylle männlicher Alleinherrschaft brach eines schwarzen Freitags Otto ein.

Eigentlich war er anfangs noch gar kein richtiger Hahn. Ein freundlicher Nachbar, der eine Brutmaschine besaß, schenkte uns das winzige Küken.

„Hinni, ich hab 'nen Hahn für deine Hühner. Das Elend kann ja kein Mensch länger mit ansehen", grinste er breit und drängte meinem Vater das hilflose Tierchen auf.

„Na, vielleicht gibt der mal 'nen guten Braten ab", brummte Vater und brachte das kleine Etwas widerwillig ins Hühnergehege.

Unsere gesamte Familie, einschließlich Oma Meta, beobachtete gespannt die erste Begegnung des vermeintlichen Hähnchens mit seinem Harem.

Die Hühner zeigten jedoch nur Interesse für meinen Vater, von dem sie sich eine zusätzliche Mahlzeit erwarteten. Sie nahmen keine Notiz von dem Neuzugang, der - kaum, dass er den Boden berührte - unter die wärmenden Flügel der nächstbesten Henne flüchtete.

Vater lachte schallend und auch irgendwie erleichtert.

„Das ist mir ein richtiger Hahn! Wird wohl eher ein Angsthase sein. Vielleicht ist es sogar ein Hühnchen."

Es verging eine lange Zeit, in der wir alle vergaßen, dass das neue Küken eigentlich einmal ein Hahn werden sollte. Es hielt sich immer ängstlich bei seiner Adoptivmutter und erweckte selbst in meinem Vater nur Mitleid.

„Wir nennen ihn Otto", sagte Oma Meta eines Nachmittags, als wir gemütlich bei Tee und Rosinenbrot saßen. „Otto hieß mein Vetter, die Bangbüx. Das passt!"

Keiner von uns hatte gegen den Namen etwas einzuwenden, selbst Vater nickte schmunzelnd. Von diesem angeblichen Vertreter des männlichen Geschlechtes befürchtete er keinerlei Konkurrenz.

Dann kam ganz unvermutet der Morgen, an dem Otto das Leben eines vollwertigen Hahnes begann.

Als meine Schwester und ich uns auf den Weg zum Schulbus machten, hörten wir ein unmelodisches Krächzen. Wir sahen uns fragend an und rannten sofort, ohne ein weiteres Wort, zurück zum Hühnerstall. Dort stand Otto, schlug mit den Flügeln, reckte den Hals und versuchte nach Leibeskräften zu krähen. Und obwohl er schmächtiger war als sie, hielten die Hennen respektvollen Abstand.

Otto wurde ein hübscher bunt schillernder Hahn mit prächtigem roten Kamm und kräftiger Stimme. Er kam fleißig seinen Pflichten nach, blieb aber klein. Die Hennen verübelten es ihm nicht. Sie legten besser. Ob sie sich glücklicher fühlten, ließ sich nicht feststellen.

Vater war der festen Überzeugung, dass unser Nachbar ihm mit dem zwergwüchsigen Vieh eins habe auswischen wollen. Da der mickrige Flattermann aber auch keinen vernünftigen Braten abgab, ließ er ihn - ständig nörgelnd - weiter im Hühnerharem einher stolzieren.

„Wenn wir schon einen Hahn durchfüttern, können wir uns auch noch weitere Hennen dazu anschaffen und die Eier verkaufen", beschloss Vater nach einiger Zeit.

Als die Junghennen in das Gehege kamen, war Otto sehr aufgeregt. Er flatterte wie wild umher. Vater schickte sich an, zur allgemeinen Beruhigung ein paar Körner einzustreuen. Da sprang der Hahn mit einem Satz auf seine Hand und pickte mit aller Kraft hinein.

Laut schimpfend kam Vater ins Haus zurück, um seine blutende Wunde zu versorgen. Während Mutter ihn verarztete, konnte sie sich den Spruch nicht verkneifen: „Ja, ja, so seid ihr Männer - kaum kommt was Junges in den Stall, schon flippt ihr aus!"

Und sie blieb bei weitem nicht die einzige, die ihre Witzchen über den Vorfall machte.

Vater bekam zu allem Überfluss eine Blutvergiftung und musste den verbundenen Arm vorübergehend in einer Schlinge tragen.

Als meine Schulfreundin ihn so sah, fragte sie, ob sein Arm gebrochen sei.

„Ne, der Hahn hat mich gepickt", gab er wahrheitsgemäß zur Antwort.

Meine Freundin platzte laut lachend heraus: „Sie wollen mich wohl veralbern!"

Danach vermied Vater es, über seinen unerfreulichen Zusammenstoß mit unserem Hähnchen zu reden. Er betrachtete das Tier nur noch mit ärgerlichem Blick.

Da Otto immer aggressiver wurde, starteten wir den Versuch, ihn mit den Hühnern frei laufen zu lassen, damit er sich richtig austoben könnte. Es nützte nichts. Er war so angriffslustig, dass sich niemand von uns in seine Nähe wagte. Um an die Eier heran zu kommen, wurden sogar Ablenkungsmanöver mit Futter nötig.

Der Familienrat tagte schließlich wegen des wilden Gockels. Es wurde einstimmig beschlossen, dass er weg musste. Jedoch waren alle außer Vater dagegen, ihn zu schlachten.

Das Schicksal fügte es, dass eine befreundete Bäuerin, die auf ihrem Hof vielen unerwünschten Tieren Heimat gab, von unserem Dilemma erfuhr. Sie erbot sich, den Hahn in einer Nacht-und Nebel-Aktion zu übernehmen, denn die Dunkelheit machte ihn wehrlos.

Obgleich wir froh waren, den Störenfried endlich los zu sein, interessierte uns alle sehr, wie er sich zwischen den anderen Tieren auf dem fremden Bauernhof benehmen würde.

Ein Anruf eröffnete uns des Dramas Ende:

Otto hatte sich mit anbrechendem Morgen in der völlig unbekannten Umgebung wahrscheinlich nicht orientieren können. Als die Frau das Geflügel fütterte, erhob der kleine Hahn ein fürchterliches Geschrei und flog kurzerhand auf einen nahe stehenden Baum. Dort verfing er sich so unglücklich in einer Astgabel, dass er sich selbst erhängte.

Und die Moral dieser Geschichte?

Auch ein kleiner Hahn kann böse enden!

Die Ente

Lothar lächelte durch die geöffnete Terrassentür in Richtung des Gartenteiches. Seine verhärmten Gesichtszüge wirkten für den Augenblick weich und sanft. Unter der herrlichen Trauerweide, die die Zierde seines gepflegten Gartens darstellte, hatte er sie vor einigen Jahren begraben, seine Daisy.

Das war noch in seinem anderen Leben gewesen, als er bei dem Wort Krebs nur an das Scherentier gedacht hatte und an die erfolgreichen Fangzüge seiner unbeschwerten Kindheit am Meer. Ein Hustenanfall brachte ihn in die Gegenwart zurück. Magda warf ihm einen besorgten Blick zu, wich dem Augenkontakt jedoch geschickt aus und schenkte Tee nach.

„Damals war uns diese weiße Ente zugeflogen. Eines Morgens saß sie einfach da. Kleines elendes Vieh. Der hat es bei unserem Teich so gut gefallen, dass sie gar nich mehr weg wollte." Er hustete wieder und nippte dann vorsichtig am heißen Tee. Schlucken konnte er auch nicht mehr richtig. Überall wucherte der unberechenbare Tumor. Doch der sollte kein leichtes Spiel mit ihm haben!

„Lothar, weißt du noch, wie die Daisy immer auf deinen Gartenschuhen hockte?" Magda wandte sich dem Besucher zu. "Wenn wir weg mussten, haben wir nur die Schuhe hingestellt, und sie blieb dabei sitzen wie ein dressierter Hund."

Der kranke Mann lachte krächzend.

„Du hättest die Gesichter der Nachbarn sehen sollen, wenn das dumme Vieh neben meinen Schuhen her watschelte. Sie kam überall mit hin. Aber nur mit mir."

„Ja, einen Narren hatten die beiden aneinander gefressen." Magda zwinkerte dem Besucher zu.

„Quatsch, den ganzen Garten hat das hungrige Vieh mir leer gefressen. Mit Gurken haben wir's zuletzt gefüttert. Die mochte Daisy für ihr Leben gern."

„Was das im Winter gekostet hat, als die Gurken so teuer waren!"

„Hab das elende Vieh oftmals verflucht", hüstelte Lothar mit einem Seitenblick auf seine Frau und spuckte in sein Taschentuch.

„Ach, was? Verhätschelt hast du die Daisy, mehr als deine Kinder", protestierte sie schwach.

„Steck du lieber deinen Kopf in den Putzeimer, davon verstehst du was." Er klang verärgert. „Mein Sohn ist ein elender Waschlappen, und meine Tochter hat einen Säufer zum Mann. Das sagt doch alles. Und kümmern sie sich vielleicht um ihren kranken Vater?"

Aufgebracht wandte er sich an den Besucher, der etwas peinlich berührt in seinem Kuchen stocherte: „Wenn die anrufen, erzählen sie stundenlang von ihren eigenen Problemen und lassen einen nich zu Wort kommen. - Kannste vergessen die beiden."

„Wie ging die Geschichte mit der Ente weiter, habt ihr sie geschlachtet?", fragte der Gast, um von den Familienstreitigkeiten abzulenken.

„Daisy schlachten? Nein, woher denn! Das hätte Lothar niemals erlaubt."

„Das blöde Vieh ist im Winter vor vier Jahren auf den zugefrorenen Teich gewatschelt. Was es da wollte, weiß der Teufel. Steckst ja nich drin in so'nem Spatzen-, ähm, Entenhirn. Is natürlich ausgerutscht und hat sich glatt das Bein ausgerenkt." Der folgende Hustenanfall schwächte den Mann so sehr, dass er pfeifend nach Luft rang.

Magda erhob sich schwerfällig aus ihrem Sessel und klopfte ihm so zaghaft auf den knochigen Rücken, als befürchte sie ihm weh zu tun.

„So geht das den ganzen Tag lang. Und nachts ist es am schlimmsten. Da denke ich immer, er erstickt mir. Wenn der Krebs so weiter wächst, müssen die ihm einen Luftröhren-Schnitt machen. Aber er ist ja so stur. Er hört nicht auf die Ärzte."

„Vielleicht hält ihn seine Sturheit trotz der fortgeschrittenen Krankheit am Leben?", wandte der Besucher ein und nahm einen Schluck Tee.

„Noch bin ich nich am Abnippeln. Da wird sich mancher sehr gedulden müssen! Und meinen Hals lass ich mir nich aufschneiden, bevor es nich hart auf hart kommt. Was die Doktors angeht, da hab ich meine Zweifel. Die reden schön geschliffen, dass man die Hälfte nich versteht. Aber helfen konnten sie am Ende doch nich - der Daisy nich und mir auch nich."

Seine blutunterlaufenen Augen starrten wütend in die Teetasse. Als habe man ihn stranguliert, nahm sein Kopf eine bläuliche Verfärbung an. Die knochigen Hände nestelten hektisch an dem feuchten Taschentuch, das mit Blutflecken übersät war.

„Wir hatten die Daisy zum Tierarzt gebracht, weil sie nicht mehr laufen konnte. Aber der musste sie einschläfern." Magda schluckte und schaute an dem Besucher vorbei in Richtung Teich.

„Im Schuhkarton haben wir sie hier im Garten vergraben. Hab beinah den guten Spaten abgebrochen, so hart war der Boden. Ihre Spielsachen haben wir ihr dazu gelegt. Was sollten wir auch mit dem Plunder. Mussten sowieso noch paar Tage lang Gurkensalat essen." Lothar strich sich mit der Handfläche die exakt gekämmten und sauber gescheitelten dünnen Haare glatt.

„Schade, dass Daisy so enden musste. Na, wahrscheinlich ist sie jetzt im Entenhimmel, wenn es so etwas geben sollte", meinte der Gast verbindlich.
„Ne, an so was glaub ich nich. Is alles Schnickschnack und Leute-Verdummung, das mit Himmel und Engeln und so. Am Ende wird es dunkel und dann is Schluss für immer. Hör mir auf mit dem Kinderkram!" Er lauschte einen Moment und stellte dann fest: „Draußen hält ein Auto. Deine Frau will dich jetzt abholen, Fred."

Erstaunt sah der Besucher auf. Er hatte nichts gehört.

„Ja, ja, glaub ihm nur. Seine Ohren sind noch bestens in Ordnung. Er hört die Flöhe husten", bestätigte Magda und humpelte zur Tür, während sie sich den schmerzenden Rücken hielt.

Fred verabschiedete sich sehr herzlich, weil er befürchtete, seinen Leidensgenossen nicht lebend wieder zu sehen, und bestieg das wartende Auto. Das alte Ehepaar stand einträchtig nebeneinander in der geöffneten Haustür und winkte ihnen nach.

„Lothar sieht schlecht aus, und Magda ist offensichtlich sehr erschöpft. Die beiden führen nun schon seit drei Jahren diesen aussichtslosen Kampf gegen seinen Krebs. Wie lange mögen sie das noch durchhalten?", fragte Freds Frau voller Mitgefühl.

„Das kann dir niemand beantworten. Du weißt doch, wie das mit unserer heimtückischen Krankheit ist", murmelte er.

„Aber wenn man nicht helfen kann, was soll man dann tun?"

„Einfach nur da sein. Zuhören. Zeit schenken. Zeit ist das Kostbarste, was wir Menschen besitzen."

Zerberus

Es war kein Wetter zum Radfahren. Sie öffnete jedoch energisch die Schuppentür, wuchtete das Rad heraus und schwang sich aus lieber Gewohnheit in den Sattel.

Langsam fand sie einen erträglichen Rhythmus. Unter ihren ausdauernden Tritten, quälte sich das alte Hollandmodell ohne Gangschaltung gegen die Sturmböen. Die feuchte Luft entledigte sich einiger Tropfen in Ritas krauses graumeliertes Haar. Während sie mit einer Hand die Kapuze aufsetzte und die Schnur festzog, begann es auch schon wie aus Eimern zu schütten.

Nur nicht nachlassen zu treten, sonst könnte das Element die Oberhand gewinnen! Den Kopf gesenkt, mit weit vorgeneigtem Oberkörper, ein moderner Zentaur - Mensch eins mit dem Rad - versuchte sie dem Wind einen geringeren Widerstand zu bieten.

Inzwischen gelang es dem rissigen Asphalt unter ihrem Vorderrad nicht mehr, die Regenflut zu schlucken. Kielwasser spritzte, während sich der breite Profilreifen unaufhaltsam seinen Weg vorwärts pflügte. Ritas Jacke begann an den Schultern durchzuweichen, und ihre Jeans klebte wie eine nasskalte zweite Haut an den Oberschenkeln. Sie biss auf ihre Unterlippe, so dass es schmerzte. Dann war es so plötzlich vorbei mit dem Unwetter wie es begonnen hatte.

Wasserwechsel, dachte sie und schob keuchend ihr Rad an der üblichen Stelle über den Deich. Selbst ihre Strümpfe waren zum Auswringen nass.

Der Himmel lachte sie unschuldig an. Federwolken hatten ein Knötchenmuster über das Blau gestrickt. In herbstlichem Rostrot und leuchtenden Gelbtönen überraschten sie die Farben des Uferbewuchses. Dazwischen trugen die Stranddisteln ihre weiß gefiederte Samenpracht zur Schau, als wollten sie Hochzeit halten. Rita fröstelte. Sie musste weiterfahren, sonst war die Erkältung unausweichlich.

Auf der Heimfahrt entlang der Außenseite des Deiches hatte sie den Wind im Rücken, und das Rad rollte mühelos.

Ihr Blick glitt über das feucht glänzende Watt. Die Insel Norderney schwamm noch in Milch. Aber Rita hatte sie so oft gesehen, dass sie jedes kleine Detail erahnte. Der schlank aufragende Leuchtturm sandte ihr seinen strahlenden Morgengruß zu.

Mit Macht drängte das Wasser aus allen Poren des Watts. Bald leckten schaumige kleine Wellen gierig an den schwarzen Steinen der Uferbefestigung. Aus der Flut ragte neben einem tanzenden verrosteten Eimer ein rotes Ding, das sie an einen überdimensionalen Legostein erinnerte.

Während sie noch darüber nachdachte, welche Funktion es wohl früher gehabt haben könnte, sprang auf der Landseite etwas Beunruhigendes in ihren Blickwinkel. Im rasenden Lauf kam es von der Deichkrone auf Rita zu. Die Anspannung der starken Muskulatur war unter dem dunklen glatten Fell hervorragend auszumachen. Unterhalb der bösartig hochgezogenen Nase hechelte die lange Zunge aus dem gefährlichen Rachen.

Rottweiler, dachte die Frau entsetzt.

Nirgends war ein Mensch zu sehen. Wie irrsinnig trat sie in die Pedale, ohne Chance. Dann war der kräftige Hund neben ihr. Sie nahm seine lauten Atemzüge durch das Pulsieren ihres Blutes wahr. Als er ihr Bein packte, reagierte sie instinktiv. Sie stoppte aus voller Fahrt und schleuderte das Rad gegen den Angreifer. Gleichzeitig entfuhr ihrer verkrampften Kehle ein gurgelnder Laut.

Der Hund, für einen Moment verschreckt, begann aggressiv zu kläffen. Rita hielt die Hände schützend vors Gesicht und schrie mit ihrem ganzen Körper. Schon setzte der Rottweiler zum Sprung an, als ihm eine laute Stimme den Befehl gab: „Aus, Bimbo, ruhig!"

Ritas Lebensretter entpuppte sich als der Hundehalter, der für dessen gefährlichen Alleingang die Verantwortung trug. Er war um die Fünfzig, graumeliert, hatte ein markantes Gesicht mit schmalen Lippen und einem ungesund gelblichen Teint. Im Mundwinkel klebte ein Zigarillo, das, selbst während er sprach, wie mit ihm verwachsen erschien.

Bimbo sei völlig ungefährlich und habe nur spielen wollen, hörte Rita wie durch Watte. Seine Stimme klang teilnahmslos, als wolle er Brötchen kaufen. Das brachte sie haarscharf in die Nähe eines Wutausbruchs. Lautstark verlangte sie die Personalien des Mannes, die er ihr aber zynisch lachend verweigerte.

„Reg dich ab, Alte, und lass deinen Frust anderswo ab! Oder soll ich den Hund wieder loslassen?"
Der Geruch des Zigarillos verursachte Rita Übel-

keit. Böse knurrte der inzwischen an die Leine gelegte Rottweiler sie an. Dann wandten sich Hund und Herr, ohne die geringste Spur von Schuldbewusstsein, zum Gehen.

Hilflos, am ganzen Körper bebend und mit zerfetztem Hosenbein, sah die Frau ihnen nach.

Hundeverbot, dachte sie wutschnaubend. Auf dem Deich herrschte absolutes Hundeverbot! Aber wer hielt sich schon daran, zumal die Schafherde, vor ihrem Umzug ins Winterquartier, bereits auf einem entfernteren Deichabschnitt graste.

Da das robuste Fahrrad, bis auf das zersplitterte Rücklicht, keinen bemerkenswerten Schaden davongetragen hatte, konnte Rita nach einigen Minuten den Heimweg fortsetzen. Ihr war eiskalt, das Bein schmerzte, und auch das wütende Treten brachte ihr nicht die Spur von Wärme.

Sie hatte keinen Blick mehr für die Vogelschwärme, die ihre schwindelerregenden Flugmanöver entlang der Deichlinie vollführten. Wilde, nie gekannte Rachegefühle blockierten die Frau völlig.

„Bimbo, ha! Zerberus hätte der Köter heißen sollen!", schimpfte sie böse vor sich hin, während sie in Gedanken beinahe sämtliche mittelalterlichen Foltermethoden an Mann und Hund vollzog.

Als sie, von der körperlichen Anstrengung allmählich ruhiger werdend, endlich ihr vertrautes Haus erblickte, das sich mit seinem roten Ziegeldach sanft in die sattgrünen Wiesen schmiegte, sehnte sie sich nach beheizter Geborgenheit.

Vor ihrer Einfahrt stand ein dunkler Ford-Kombi. Während sie sich näherte, beobachtete sie den Boten, der eine Zeitschrift in ihren Briefkasten zwängte. Auf der mit einer karierten Decke ausgelegten Ladefläche seines Wagens döste friedlich ein ausgewachsener Rottweiler. Als sich der Mann zu ihr umwandte, begegneten sich ihre Blicke in erschrecktem Erkennen.

Rita zwang sich kühl und überlegt zu reagieren. Sie ignorierte das schiefe Grinsen des Hundebesitzers, dessen Gesichtsfarbe noch eine Spur bleicher wurde und einen seltsamen Kontrast zu dem schwarzen Stummel zwischen seinen Lippen bildete.

Ihr Interesse galt nur seinem Autokennzeichen. Dann stürmte sie ohne ein Wort ins Haus und kickte die nassen Schuhe polternd gegen den alten Dielenschrank. Den kleinen Pfützen, die ihre Füße überall hinterließen, schenkte sie keinerlei Beachtung.

Prickelnde Genugtuung begann wohlig aus ihrem Solarplexus in den gesamten Körper auszuströmen. Und noch bevor der Wagen mit quietschenden Reifen das Weite suchte, hatte sie die Nummer der Polizeidienststelle gewählt.

Opas große Hilfe

Sina durfte an diesem Wochenende wieder zum Opa. Sie freute sich riesig. Nicht, weil Opa etwa besonders lustig war oder immer Naschereien im Haus hatte. Nein, der eigentliche Grund dafür war, dass sie Opa so herrlich um ihren kleinen Finger wickeln konnte.

Seit Opa vor zwei Jahren in den Ruhestand gegangen war, hatte er viel Zeit, viel zu viel Zeit, wie Papa und Mama meinten. Deshalb durfte Sina jetzt häufig zu ihm, wenn sich die Eltern mit Terminen plagten.

Er besaß ein kleines schmuckes Häuschen am Stadtrand. Die Luft war hier blau und der Garten so bunt wie eine häufig gebrauchte Malpalette. Im Herbst gab es knackige Schneewittchenäpfel mit roten Backen und saftige Birnen, die beim Abbeißen herrlich schmatzten.

Wenn sie in ihrer Etagenwohnung, mit Blick auf den neuen Supermarkt, über den ersten Schreibübungen schwitzte, dachte sie oft an die duftenden frischen Erdbeeren, die sie immer gleich vom

Strauch in den Mund wandern ließ. Oder sie erinnerte sich daran, wie der Sand zwischen den Zähnen knirschte, wenn Opa sie von den süßen kleinen Wurzeln kosten ließ, die er nach dem Ausbuddeln nur kurz an seiner Arbeitshose abwischte.

„Alles ohne Kunstdünger und ungespritzt!", betonte er jedes Mal stolz und sah ihr beim Essen zu.

Im Moment war der Garten noch im Winterschlaf, wie er erklärte. Sina zog ihre warme Jacke aus und ließ sie einfach fallen. Opa nahm sie ganz selbstverständlich auf, um sie an den Mantelstock zu hängen. Sie bekam kein „Jetzt wirf doch deine Sachen nicht überall herum!", oder „Wann lernst du endlich, dass die Jacke aufgehängt wird!", zu hören. Ja, das und genau das war es, was ihr an ihm so gefiel.

„Opa, mir ist langweilig. Können wir spielen?", bettelte Sina mit unwiderstehlichem Augenaufschlag.

Er verschwand wortlos mit dem Kopf im Schrank und kramte die Spielesammlung hervor.

„Oh, ne, das kenne ich alles schon. Das ist langweilig!" Sina zog eine Schnute. Nach einer Minute erhellte sich plötzlich ihr Gesicht. „Du, Opa, du hast doch den neuen Computer. Kann ich nicht damit spielen?"

Der alte Herr blickte etwas verstört.

„Damit kann man nur schreiben, und das tust du doch nicht so gern."

„Aber, Opa, du Dummi, du!"

Sina sprang auf, umarmte ihn stürmisch und drückte ihm einen klebrigen Kuss auf die Wange.

„Ich habe eine CD-ROM mitgebracht. Ich kann dir zeigen, wie man mit dem Computer spielt." Schon kramte die Kleine in ihrer Tasche.

Opa ließ sich widerstrebend ins Arbeitszimmer ziehen und schaltete den neuen Computer an, der ihm noch etwas fremd war. Während das Programm hochfuhr, spielte Sina mit dem Schreibtischstuhl Karussell. Dann schob sie blitzschnell die silberne Scheibe ins entsprechende Laufwerk des Computers. Er stand staunend daneben.

„Und nun?"

„Ja, jetzt musst du nur diese Taste drücken und dann kann es losgehen", kommandierte die Enkelin sachkundig.

Eine Weile sah er geduldig zu, wie sie eine Mickimausfigur über Schluchten springen und mit seltsamen Wesen kämpfen ließ. Ihm wurde davon schwindlig.

„Ich mache jetzt einen Kaffee. Sina, magst du Kakao?" Er war schon auf dem Weg in die Küche.

„Ne, jetzt nicht! Opa, bitte, bitte, geh nicht weg!", verlangte sie ohne den Blick einen Moment vom Monitor zu trennen.

Opa gehorchte widerspruchslos.

„Das Spiel hat nur einen Level - ist ein Werbegeschenk und eigentlich langweilig", stellte Sina nach zehn Minuten fest.

Er atmete hörbar auf. Endlich Kaffee!

„Ach, Opilein, du hast doch einen Internet-Anschluss?", säuselte das Engelchen ihm ins Ohr.

„Ja, ja, aber ich glaube, dass du dafür erst besser lesen lernen musst", wendet der Großvater schwach ein.

„Ich will ja nicht lesen, sondern nur spielen. Komm, ich zeig dir, wie das geht!"

Wortlos folgte er ihren Anweisungen.

„Jetzt musst du eingeben 'www.Bibiundtina.de'!" Die Kleine hatte vor Erregung rote Wangen. „Da siehste wohl, das klappt doch schon ganz gut!"

Ihr Opa nickte müde und setzte sich wieder in den Sessel.

Nicht lange dann drehte sich Sina empört zu ihm um: „He, Opa, ich hör keinen Ton. Ohne Sound ist das langweilig. Hast du keine Lautsprecher?"

„Die Lautsprecher muss ich noch anschließen lassen. Ich hab da einen Bekannten ..."

„Dabei kann ich dir helfen. Da müssen nur die Stecker in die richtigen Löcher an der Rückseite gesteckt werden", zeigte sich Sina hilfsbereit.

Großvater kroch mühsam unter den Schreibtisch und versuchte sich nach Sinas praktischer Anleitung an der modernen Technik. Leider blieb der erwartete Erfolg aus.

Sina erhob sich seufzend vom Boden.

„Opa, das wird wirklich langsam langweilig. Ich muss jetzt unbedingt aufs Klo!" Sie sagte es und verschwand wie ein Wirbelwind in Richtung Toilette.

Der alte Herr nahm das Telefon und rief seinen Bekannten an. Schnell wurde sein technisches Problem gelöst. Er kroch wieder unter den Schreibtisch und befestigte die Kabel fachgerecht. Sehr stolz schaltete er den Computer erneut ein.

Ein überlauter Gongton verkündete, dass nun mit den Lautsprechern alles in Ordnung war.

Sina sprang sofort begeistert vom stillen Örtchen. Sie stolperte fast über ihren Schlüpfer und zog eine kleine Tropfenspur hinter sich her.

„Opa, Opa, wir haben es geschafft! Da hab ich dir doch wirklich prima geholfen, nicht wahr?"

Kati

Ich traf Kati, als ich schon seit über zwei Jahren an der Nordsee wohnte. Da mich, als Folge einer Operation, hin und wieder Kopfschmerzen plagten, machte ich täglich eine kleine Radtour an der Küste entlang. Die frische Luft und die Bewegung taten mir gut und steigerten mein Wohlbefinden.

Während ich in der Sommersaison auf die frühen Morgenstunden ausweichen musste, um den Touristenströmen zu entgehen, traf ich in der kühleren Jahreszeit auf meinen Fahrten manchmal keine Menschenseele. So erging es mir auch an jenem Herbstvormittag.

Es war mir gerade nicht nach Reden und menschlicher Gesellschaft zu Mute. Irgendein Ärger nagte in meinem Innern. Die ruhige einsame Natur tröstete mich. Und ich hing einfach nur meinen Gedanken nach, während ich gleichmäßig gegen den starken Wind an strampelte und das Meer in meinen Ohren rauschte.

Da sah ich die Alte.

Sie kauerte in sich zusammen gesunken auf der Uferbefestigung. Zuerst vermutete ich, dass jemand an der Stelle einen Haufen bunter Lumpen unrechtmäßig entsorgt habe. Erst wenige Meter von ihr entfernt sah ich, dass es sich um ein menschliches Wesen handelte.

Sie bewegte sich nicht. Ihr Kopf war vornüber auf die Knie gesunken.

Im Vorbeifahren musterte ich sie genau. Alles an ihr war ungewöhnlich farbenfroh. Die Kleidung schien aus einem Müllcontainer zusammen gesucht. Nichts passte zueinander. Und doch entstand dadurch wieder ein nahezu harmonisches Bild, ein vollkommenes Chaos sozusagen.

Mein Interesse war geweckt.

Nur widerwillig setzte ich die Fahrt fort. Mehrmals warf ich einen verstohlenen Blick zurück.

Was mochte die Alte dort suchen?

Konnte sie vielleicht vor Erschöpfung eingeschlafen sein? Oder war sie krank und hilfsbedürftig?

Ich wusste, es war recht unwahrscheinlich, dass ein verirrter Spaziergänger oder Radfahrer sie in den nächsten Stunden hier zufällig entdeckte. Die Leute, die regelmäßig ihre Hunde ausführten, kamen erst am späten Nachmittag wieder. Die Jogger und Biker nutzten meistens ausschließlich den Feierabend für ihre sportlichen Betätigungen. Die emsigen Hausfrauen bereiteten gerade das Mittagessen zu und tranken später stundenlang Tee mit Ihresgleichen. Die Kinder hatten nach der Schule Hausaufgaben zu erledigen, und Touristen traf man abseits der Kurzentren außerhalb der Saison nicht an.

Ich musste umkehren!

Wie hätte ich mit der Schuld leben können, einen Menschen in Not seinem grausamen Schicksal überlassen zu haben?

Mit Rückenwind erreichte ich die Stelle in wenigen Minuten.

Das Bündel aus Mensch und Lumpen hatte sich inzwischen offenbar nicht einen Millimeter bewegt. Etwas unsicher, wie ich mich verhalten sollte, stieg ich vom Rad. Ich klappte langsam und umständlich den quietschenden Ständer aus, damit mein Drahtesel, der mir ans Herz gewachsen war, nicht im Wind umfiel.

Die hockende Alte regte sich nicht.

Ob es möglich ist, dass sie gar nicht mehr lebt, dachte ich bei mir. Und ein frostiger Schauer lief mir unter der wollenen Unterwäsche die Wirbelsäule entlang. Ich nahm all meinen Mut zusammen, trat zwei, drei Schritte auf sie zu und berührte sehr sacht ihre Schulter.

Langsam hob sich ein struwweliger grauer Kopf von den Knien. Ihr Haar wurde nur von einem breiten selbstgestrickten Stirnband gehalten. Das Band war ebenso bunt wie die übrige Kleidung. Es hatte kein erkennbares regelmäßiges Muster, sondern schien vielmehr entstanden zu sein, um kleinste Wollreste der unterschiedlichsten Farben und Qualitäten zu verbrauchen.

„Entschuldigen Sie", stammelte ich und mir war auf einmal gar nicht mehr klar, warum ich eigentlich hier stand.

Dann bemerkte ich ihr Lächeln!

Ja, sie lächelte mich an, nicht nur mit ihrem faltigen zahnlosen Mund, sondern mit jeder einzelnen Runzel ihres sonnengegerbten Gesichtes. Und wie ihre alten Augen strahlten! Sie waren von einem unnatürlichen Blau, so wie das Meer an manchen Sommertagen bei besonders klarem Himmel leuchtete.

Als sie sich flink wie ein Wiesel erhob, war ich mir endgültig sicher, dass sie meine Hilfe nicht nötig hatte. Ich blickte betreten auf die kleine Ansammlung von unterschiedlichsten Gegenständen, schmuddeligen Plastikflaschen, verwitterten Hölzern, einer silbernen Sandalette und sonstigem wertlosen Zeug, das das Meer bei Ebbe ständig auf dem Watt zurückließ.

Das alles war unter ihren weiten Röcken zum Vorschein gekommen. Die Alte schien meine Irritation nicht zu bemerken. So, als sei ich eine liebe lange erwartete Besucherin, schüttelte sie meine Hände und begrüßte mich überschwänglich. Dann bot sie mir einen Platz an, auf den von der Sonne gewärmten Steinen, und hockte sich dicht an meine Seite.

Einen Moment lang beschäftigte mich der Gedanke, ob von ihr irgendwelches Ungeziefer auf mich überspringen könnte. Aber sie roch eigentlich nicht abstoßend, und ihr fröhliches Geplauder zog mich bald völlig in den Bann.

Während wir in der herbstlichen Mittagssonne auf das weite Meer hinaus blickten und uns die würzige Nordseeluft durchpustete, erzählte mir Kati von ihrem Leben.

Sie war fast achtzig Jahre alt. Und ich bemerkte bald, dass sie es an Kondition und geistiger Beweglichkeit spielend mit mir aufnehmen konnte, obwohl beinahe zwei Generationen zwischen uns lagen.

Ihre Erzählweise war spritzig und voller Anspielungen auf politische und kulturelle Zusammenhänge. Es stellte sich im Laufe unseres Gespräches heraus, dass sie keineswegs immer am Meer nach Strandgut gesucht hatte.

Sie stammte aus einer angesehenen Familie und hatte in einer Zeit, als das für Mädchen noch recht ungewöhnlich war, ein naturwissenschaftliches Studium absolviert. Nach der Heirat musste sie ihren geliebten Beruf aufgeben und sich auf das Privatleben beschränken, obschon sie kinderlos blieb.

Viele bekannte Persönlichkeiten gehörten zur vornehmen Gesellschaft im alten Berlin, in der sie damals verkehrte. In ihrem lebhaften Bericht nahm tragische deutsche Geschichte Gestalt an.

Als ihr Mann verstarb, hatte es sie in die Welt hinaus gezogen. Sie kannte jeden interessanten Punkt auf unserem Globus und konnte von seltsamen Sitten und Gebräuchen der verschiedensten Völker erzählen.

„Es mögen gut zwanzig Jahre sein, die ich nun an der Nordsee lebe. Weißt du, Zeit hat für mich keine Bedeutung mehr."

Sie hatte mich von Anfang an einfach geduzt, und ich tat es ihr gleich, zumal ich nur ihren Vornamen erfuhr.

„Alle nennen mich Kati. Manche sagen auch: 'Die Verrückte'. Vielleicht haben sie ja Recht. Ich bin schon ein wenig seltsam geworden mit den Jahren." Sie kramte versonnen in ihren Schätzen, zog die Sandalette hervor und hielt sie prüfend gegen das Licht.

„Ein Schuh allein nützt niemandem - also wird der andere auch irgendwann hier landen. Vielleicht passen sie mir sogar. Ich würde so gern einmal darin tanzen!" Sie lachte laut, sprang hoch wie ein Füllen und drehte sich mit gerafften Röcken auf der geteerten Uferbefestigung. Dann blieb sie plötzlich stehen, versetzte dem Schuh einen Tritt, so dass dieser ins Watt zurück schleuderte und sang mit rauchiger Stimme: „Warum denn aus Liebe weinen? Es gibt auf Erden nicht nur den Einen. Es gibt so viele auf dieser Welt ..."

Ich war fasziniert von ihrer Darbietung. Wie konnte ein Mensch so alt sein und gleichzeitig so jung? Was war ihr Geheimnis? Ich beschloss es zu ergründen.

Von da an fuhr ich nicht mehr wegen meiner Gesundheit mit dem Rad, sondern um Kati zu treffen.

Das Wetter wurde schlechter. Es regnete viel. Kati schien das nicht zu stören. Sie trieb sich täglich im Watt oder an der befestigten Uferböschung herum, stocherte im Strandgut oder hockte auf einem Bündel und blickte zufrieden aufs schäumende Meer. Sie erzählte mir Geschichten, die so voller Buntheit waren wie ihre Kleider und Bücherbände füllen könnten, wenn jemand sie aufschreiben wollte.

Ende September bekam ich von dem dauernden Sitzen auf feuchten Steinen eine Blasenerkältung. Neben den ziehenden Schmerzen plagte mich nur ein Gedanke: Würde Kati noch da sein, wenn ich wieder Radfahren konnte?

Und da beschloss ich an einem strahlend warmen Oktobertag zum ersten Mal seit langem meinen Skizzenblock einzustecken, um sie bei unserem Wiedersehen zu zeichnen. Ich hatte den heißen Wunsch, die fröhliche junge Alte für mich persönlich zu verewigen.

Kati hatte nichts dagegen einzuwenden mir Modell zu sitzen. Tatsächlich interessierte meine Skizze sie so brennend, dass sie mehr über meine Schulter sah, als die erforderliche Position zu halten.

Es war die schwierigste Arbeit meines Lebens!

Möglicherweise lag das aber nicht nur an der Quirligkeit des Modells, sondern daran, dass ich Katis gesamte farbige Persönlichkeit in die Abbildung hinein pressen wollte.

In den folgenden Tagen hielt ich mich nur in meinem Atelier auf und malte an Katis Bild. Lange hatte ich diese Begeisterung für meine Arbeit vermisst. Es standen immer noch einige halbfertige Landschaften anklagend in den Ecken herum. Jetzt malte ich verbissen.

Ich hörte nicht aufs Telefon. Ich spürte weder meinen Kopf noch meinen Rücken. Ich aß nur am Abend, wenn ich vor Müdigkeit keinen Pinsel mehr halten konnte.

Dann kam der Tag, an dem das Werk vollendet war.

Mein Kopf hämmerte, mein Rücken war völlig steif und mein Magen zog sich knurrend zusammen. Aber Kati sprühte endlich voll Lebendigkeit von der Leinwand!

Die Farben strahlten so natürlich, wie es mir noch niemals gelungen war.

Ja, ich fand sie in meinem Werk wieder, die unvergleichliche facettenreiche Kati.

Das Bild war mir zu kostbar und außerdem viel zu groß, um es bei Wind und Wetter mit dem Fahrrad zu transportieren. Dennoch wollte ich unbedingt, dass Kati es selbst begutachtete. Also beschloss ich loszufahren und sie zu mir einzuladen. Das Wetter war inzwischen zu schlecht, um lange am Meer zu sitzen. Ich dachte, ein warmes Plätzchen für unsere interessanten Gespräche wäre nicht verkehrt und würde uns beiden gut tun.

Kati war nicht da!

Wieder und wieder fuhr ich die Uferbefestigung entlang, jeden und jeden Tag. Ich wählte verschiedene Zeiten, weil ich vermutete, dass die niedrigen Temperaturen ihr einen längeren Aufenthalt im Watt verleidet hatten.

Es blieb dabei!

Als Eis und Schnee meine Radtouren schließlich ganz vereitelten, saß ich eines Abends allein am prasselnden Kamin und betrachtete wehmütig das Gemälde. Es hatte in meiner Wohnstube einen Ehrenplatz erhalten.

Ich trank ein Glas exzellenten Rotwein, das großzügige Geschenk eines besonders lieben Menschen, und prostete meiner seltsamen Freundin zu. In Gedanken durchstreifte ich nochmals die Landschaften ihrer schillernden Erzählungen.

„Nun hast du mir dein Geheimnis doch nicht verraten! Na, vielleicht im kommenden Frühling ..."

Und während ich mit dem Bild sprach, war mir, als ob ein Nebelschleier zerriss. Ich sah das Meer und hörte erneut Katis längst verhallten Worten zu: „Weißt du, das Meer ist wie das Leben. Irgendwie birgt es ein Chaos in sich und auch eine höhere Ordnung. Ist dir schon aufgefallen, dass die Nordsee an jedem Tag anders aussieht?

Und wir wissen beide, dass es immer dasselbe Meer ist. Jede Welle wird ständig neu geboren, und doch scheint sie der vorherigen zu gleichen. Alles Neue was geschieht ist immer eine Spiegelung des Gewesenen. Warum also diese Aufregung alle Tage unseres Lebens? Es ist immer der gleiche Lärm um nichts.

Seit ich an der Nordsee lebe, ist es in mir ruhig geworden. Ich genieße den Zustand der inneren Zeitlosigkeit. Zeitlosigkeit ist ein Prinzip des Meeres, gleichsam die Faszination der Ewigkeit."

Für mich war Kati eine weise Philosophin. Und ich bin dankbar, dass unsere Wege sich am Meer berührten.

Mörderische Pantoffeln

„Vielleicht hätte es mir sofort auffallen müssen, dass mit meinen neuen Pantoffeln etwas nicht stimmte. Aber, probieren Sie Pantoffeln im Schuhgeschäft an und schluffen damit gemütlich zwischen den Regalen herum?" Die aufgebrachte Frau blickte Jens Möller, der ausnahmsweise allein in der Wache seinen Dienst verrichtete, mit flackernden Augen an.

Während er noch überlegte, ob er es vielleicht mit einer Wahnsinnigen zu tun hatte, redete sie in der gleichen eindringlichen Art weiter: „Ich kaufe sie vorsichtshalber immer eine Nummer größer, damit sie schön bequem sind und wähle sie nach Preis und Schnitt, eventuell noch nach der Farbe, aus. Doch das ist eigentlich schon Luxus, denn mit Pantoffeln sieht mich keiner, der an meinem Outfit interessiert wäre.

Also erwarb ich auch diese neuen Hausschuhe schön eingepackt in einem unscheinbaren blauen Karton, der vorn eine verkleinerte unschuldige Abbildung des Inhalts besaß. Als ich zu Hause hineingriff, um die plüschigen hellbraunen Dinger gleich vor mein Bett zu stellen, verhielten sie sich denkbar unauffällig."

Sie legte eine Pause ein, zog sich einen Stuhl heran, entledigte sich ihres Mantels und breitete ihn im Setzen über die Knie.

Der Polizist ahnte, dass er sich etwas Zeit für die aufgeregte Dame nehmen musste.

Ohne ihn zu Wort kommen zu lassen fuhr sie fort: „Ich nehme an, das gehörte alles bereits zu ihrem infamen Plan! In der Nacht schlief ich schlecht. Ja, ich wurde von schrecklichen Albträumen geplagt, die mich dazu veranlassten, ganz gegen meine Gewohnheit um zwei Uhr morgens das Licht einzuschalten.

Ich schob alles auf die stressigen vergangenen Tage mit zu viel starkem Kaffee. Zur Beruhigung hangelte ich im Regal über mir nach dem entsetzlich langatmigen Roman, den mir meine Tante Lotte zum letzten Geburtstag verehrt hatte. Das voluminöse Werk fiel mir prompt aus der Hand und zerschlug wie ein Donnerschlag die Nachtischlampe.

Die Haussicherung funktionierte ausnahmsweise entsprechend ihrer ureigensten Bestimmung, und schwärzeste Dunkelheit umhüllte mich in der gleichen Sekunde. Da ich im Bett weder rauche noch Kerzen benutze, beschloss ich, mich wie eine Blinde bis zur Küche im Erdgeschoss vorzutasten. Dort vermutete ich in einer der Schubladen eine Taschenlampe.

Gleichzeitig schickte ich drei Stoßgebete gen Himmel. Das eine betraf den mir sehr mysteriösen Sicherungskasten, das zweite meine heilige Ordnung in den Küchenschubladen und das letzte die Batterien in der lange unbenutzten Lampe. Ach, hätte ich lieber die Pantoffeln in mein Flehen mit eingeschlossen!" Sie atmete hörbar aus und richtete die geschminkten Augen beschwörend zur Zimmerdecke.

„Wollen Sie eine Anzeige erstatten?", fragte Möller, so schnell er es vermochte, in die Atempause hinein.

„Anzeige? Gegen die Pantoffeln? Ja, geht denn das?" Die Frau sah ihn erstaunt an und benetzte erregt ihre blass roten Lippen.

„Nein, Sie können nur Anzeige gegen natürliche oder juristische Personen erstatten", belehrte der Beamte sie und hoffte zugleich, dass sie ihm eine Erklärung bezüglich der juristischen Personen ersparen möge.

„Ich glaube, Sie haben mich noch nicht richtig verstanden, es geht ausschließlich um diese neuen Pantoffeln und in dem Zusammenhang auch um die beiden Morde."

Triumphierend registrierte sie das plötzlich aufkeimende Interesse im Blick des Polizisten. Etwas gelassener lehnte sie sich deshalb zurück und berichtete mit dramatischer Stimme weiter.

„Sobald ich in der Finsternis aus meinem Bett stieg, trat ich auf etwas Weiches, das sich anfühlte, als ob es lebe." Sie hielt erneut inne, sprang vom Stuhl, wobei der Mantel unbeachtet zu Boden glitt, stemmte beide Hände in die rundlichen Hüften und sah Möller fest in die Augen.

„Das können nur die Pantoffeln gewesen sein! — Ich stieß einen spitzen Schrei aus", demonstrierte sie dem fassungslos dastehenden Mann die Szene aus ihrem Schlafzimmer äußerst lebensecht, „stolperte fast und hastete panisch in Richtung Schlafzimmertür, verfehlte diese knapp und rammte mir dabei einen Kleiderbügel über das rechte Auge. Rasender Schmerz und Panik beherrschten mich!

Wie ich in meinem Zustand relativ unversehrt die Treppe hinunter und in die Küche gelangte, weiß ich nicht mehr. Irgendwann hielt ich die Stablampe in der Hand und brachte die Stromversorgung nach einigen Fehlversuchen wieder in Gang.

Immer noch ahnte ich nichts, ich Unschuldslamm!

Vor dem Fernseher kühlte ich das böse geschwollene Auge mit einem Eisbeutel und kam nicht einen Moment auf die Idee, dass ich bereits das Opfer eines teuflischen Szenarios war. Völlig übermüdet schlief ich, während der Wiederholung eines Tatorts aus den achtziger Jahren, ein und erwachte morgens mit Kopfschmerzen auf der Couch.

Das Make-up dauerte natürlich länger als gewöhnlich. Ich setzte vorsichtshalber noch eine Sonnenbrille auf und begab mich nach dem Verzehr von drei in der Kaffeetasse aufgelösten Aspirin ins Büro.

Ein Tag wie jeder andere?"

Möller glotzte wie eine Schwarzbunte und schüttelte mechanisch den Kopf. Er wagte es nicht die temperamentvolle Darbietung zu unterbrechen.

„Solange ich mich außer Haus befand, glaubte ich das tatsächlich, wenn man davon absieht, dass ich extrem unkonzentriert und genervt war.

Erst abends, als ich beschloss, früh zu Bett zu gehen, begann die Katastrophe ihren Lauf zu nehmen.

Meine liebe Zugehfrau, eine Seele von Mensch und so reinlich, hatte die kaputte Nachtischlampe entfernt und für einen Ersatz aus dem Gästezimmer gesorgt. Mir blieb nicht viel Zeit ihr innerlich zu danken, da trat ich in einen großen Glassplitter, den die Pantoffeln heimtückisch zwischen sich verborgen hatten.

Ich ließ mich rücklings aufs Bett fallen, um die Scherbe aus meiner blutenden Zehe zu entfernen und plumpste dabei mit meinem Steiß genau auf den leidigen Geburtstagswälzer. Vor Schmerz sprang ich zurück auf die Füße und rammte dadurch das Glas tief ins Fleisch.

Heulend humpelte ich nun ins Bad, um eine Pinzette zu suchen. Aber der Splitter ließ sich nicht entfernen. In tiefster Verzweiflung rief ich meine einzige Freundin an. Uschi riet mir zu heißen Fußbädern, um den Fremdkörper heraus zu treiben."

Sie verzog ihr Gesicht zu einer schmerzvollen Grimasse. Der junge Polizist litt mit ihr.

„Als ich das Wasser aufsetzte, war es schon spät geworden, und ich trug, aus Angst vor weiteren Glasresten, die neuen Pantoffeln. Sie hatten beim Hineinschlüpfen keinerlei Widerstand geleistet und passten wie für mich gemacht. Wenn ich ihnen nur mehr Aufmerksamkeit geschenkt hätte!"

Sie rang die Hände und Jens Möller überlegte, wie er unauffällig Verstärkung anfordern könnte. Als ob sie seine Pein erahnte, versprach sie: „Ich mache es kurz!"

„Gerade als ich das kochende Wasser in die kleine vorbereitete Wanne schüttete, löste sich eigenwillig einer der Hausschuhe vom Fuß, und ich verbrühte mir die linke Hand.

Uschi brachte mich ins Krankenhaus.

Die Pantoffeln kamen mit.

Eine nette ausländische Ärztin, die mir Hand und Fuß fachgerecht behandelte, bemerkte meinen verstörten Zustand und behielt mich vorsichtshalber auf der Station.

Schon am nächsten Morgen stellten sich die Pantoffeln einer schüchternen Hilfsschwester in den Weg, so dass wir anschließend mein Frühstück gemeinsam von der Bettwäsche kratzen konnten.

Gegen Mittag brachten die verhexten Dinger es zustande, dass mir die Kreislaufspritze meiner Bettnachbarin verpasst wurde. Ich lag danach glücklicherweise einige Stunden auf der Intensivstation, wohin sie mir nicht folgten. Die Reinemachefrauen schlossen sie in einen Schrank zu meinen persönlichen Sachen. Das war mein Glück, denn sonst hätte ich garantiert das Krankenhaus nicht mehr lebend verlassen.

Vage Ahnungen begannen, als ich Zuhause weiter vom Pech verfolgt wurde. Obwohl ich mich sehr zusammen nahm, ging mir einfach alles daneben. Meine Freundin meinte, das seien die Nerven oder — mit hämischem Seitenblick — die Wechseljahre. Das wollte ich dann doch nicht auf mir sitzen lassen. Also suchte ich verzweifelt nach der wirklichen Ursache. Aber geben Sie zu, Sie wären auch nicht gleich auf diese teuflischen Hausschuhe gekommen!"

Möller schüttelte wieder brav den dunklen Lockenkopf, schrieb mit großen Buchstaben das

Wort „HILFE" auf ein Blatt Papier und versah es mit drei Ausrufezeichen.

Die Frau schien nichts um sich her wahrzunehmen und berichtete wild gestikulierend weiter: „Erst als ich zum dritten Mal beinahe die Treppe hinunter stürzte, manifestierten sich ernsthafte Vermutungen.

Wie unbedarft, den Dingen um uns her nur lautere Absichten zu unterstellen!

Hat man nie daran gedacht, dass der Lieblingssessel das ständig steigende Gewicht seines Benutzers schon lange nicht mehr ertragen kann? Was, wenn er nun eines Tages zurückschlüge?

Die Motivation meiner Pantoffeln, die sie derart zum Bösen beflügelte, ist mir allerdings bis heute im Dunkeln geblieben." Sie zuckte ratlos die Schultern, so dass die Rüschen an ihrer dunkelroten Seidenbluse kleine Wellenbewegungen vollführten.

„Verstehe einer diese uns dienenden Gegenstände", fügte sie dann jammernd hinzu und senkte betrübt die Lider über ihre grauen Augen, die ihr rundes Gesicht dominierten.

„Solange ich auch grübelte, mir wurde keine grobe Verfehlung ihnen gegenüber bewusst. Möglicherweise lag der Fehler bereits in der Produktion. Und einen Moment spielte ich tatsächlich mit dem Gedanken, sie als Reklamation ins Schuhgeschäft zurück zu bringen. Nur, wie macht man einer unbedarften, mit den bösen Mächten nicht vertrauten, Verkäuferin diese heikle Sache klar, die selbst Ihnen und manchmal rückblickend auch mir unwirklich erscheint."

„Selbstverständlich, selbstverständlich", bestätigte Jens Möller eifrig. Irre darf man nicht reizen, dachte er, während seine rechte Hand wie zufällig an der Rolle mit dem Klebeband nestelte.

„Ich verzichtete auf die Blamage, zog vorsichtshalber meine Gymnastikschuhe im Haus an und verbannte die Vertreter des Bösen in einen alten Schrank im Keller. Wäre Tante Lotte nicht zu Besuch gekommen, hätten sie dort vielleicht einen lebenslangen sicheren Kerker bezogen.

Aber meine neugierige Tante kramte während meiner Abwesenheit, wahrscheinlich wie immer auf der Suche nach einem ihrer vielen nutzlosen Geschenke, dort herum. Seit ich sie voller Entsetzen abends unter dem Schrank begraben vorfand, bleiben mir ihre Vorwürfe nun für immer erspart."

Erschöpft sank die Dame auf den Stuhl.

Der gestresste Polizist wurde hellhörig.

„Wollen Sie ein Geständnis ablegen?"

Voller Entrüstung sah ihn die Wortgewaltige an.

„Sie sind wohl sehr schwer von Begriff, haben Sie mir überhaupt zugehört? Das einzige Verschulden, welches man mir vorwerfen könnte, ist, dass ich die Pantoffeln — allerdings unter peinlichster Beachtung aller Sicherheitsvorkehrungen — in eine Plastiktüte packte und sie in den Altkleider-Container beim Bahnhof entsorgte.

Ja, ich gebe zu, dass dies nicht mit dem reinsten Gewissen geschah, doch nahmen mich die Beerdigungsformalitäten für Tante Lotte sehr stark in Anspruch, und ich sah in dem Moment keine andere Möglichkeit.

Inzwischen ist mir klar, dass ich die verwünschten Hausschuhe nach mittelalterlicher Sitte hätte verbrennen müssen, um das Übel völlig auszumerzen." Schuldbewusst betrachtete sie die abgenutzten marmorierten Bodenfliesen und Möller befürchtete, dass sie gleich in Tränen ausbrechen könnte.

Da sie keine Anstalten machte, weiter zu reden, erhob sich der Beamte mit vorgetäuscht lässigen Bewegungen und trat, in seinen feuchten Händen den Zettel und ein Stück Klebeband, an das Fenster zum Hof.

Draußen versuchten seine beiden Kollegen seit einer Stunde den alten Streifenwagen wieder flott zu machen. Der Hilferuf war schnell befestigt. Es konnte nicht lange dauern, bis sie ihn sahen.

Die möglicherweise geistesgestörte Dame beachtete ihn gerade nicht, sondern kramte hektisch etwas aus ihrer geblümten Beuteltasche hervor.

Das Muster des Fußbodens wiederholte sich blutrot in Möllers Gesicht, als er zögernd an seinen Schreibtisch zurück kam, den lackierten Fingernagel im Visier, der auf eine zusammengefaltete Zeitung pochte.

„Hier nun sehen Sie es schwarz auf weiß! Als ich nämlich am nächsten Morgen die Zeitung las, fand ich diese Notiz:

‚In den späten Abendstunden entdeckte die Polizei in Bahnhofsnähe die Leiche eines Wohnungslosen, die kopfüber in einem Altkleider-Container steckte. Der Mann war vermutlich erstickt, als er sich mit Kleidungsstücken versorgen wollte. Ein Fremdverschulden wird ausgeschlossen.' Was sagen Sie nun?"

„Hände an die Wand und Beine auseinander!", schrien Enno Schoolmann und Frerich Weeken, während sie mit gezogenen Dienstwaffen das Revier stürmten. Als sie sich der gut fünfzigjährigen Dame mit geöffnetem Mund und geweiteten Pupillen gegenüber sahen, blieben sie völlig verdutzt stehen.

„He, Jens, was sollte der Zettel? Ist das etwa ein verspäteter Aprilscherz?", meinte Schoolmann, der ältere Kollege, lahm und steckte die Pistole weg.

Möller dampfte und stotterte wie der kaputte Polizeiwagen im Hof: „Dddie Dddame will Anzeige wwwegen Dddoppelmordddes gggegen ein Pppaar Pppantttoffeln erstatten ..."

Angesichts der verdatterten Gesetzeshüter fand die Frau ihre Sprache wieder.

„Ich sehe schon, es war alles vergebens. Sie glauben mir kein Wort. Uschi hatte doch recht. Ehe Sie mich auch noch verhaften, verzichte ich lieber auf Ihre Hilfe. Die Zeitung können Sie behalten. Ich habe jedenfalls meine Pflicht getan!"

Sie raffte unter den verdutzten Blicken unserer Freunde und Helfer ihre Sachen zusammen und warf die Tür temperamentvoll hinter sich in Schloss.

Herr und Frau Leitmüller

Seit einigen Tagen wartete Alina schon vergeblich auf die Einrichtung ihres Computers. Immer wieder hatten die lieben Kollegen sie damit vertröstet, dass Herr oder Frau Leitmüller bestimmt baldmöglichst vorbeischauen und dann alles sehr schnell zu ihrer Zufriedenheit erledigen würde. Das sei eben mal so, sie müsse etwas Geduld haben.

Draußen vor den schalldichten Fenstern pulsierte das Leben der aufregenden deutschen Hauptstadt. Wie hatte sie sich als junge Doktorin auf diesen aussichtsreichen Job gefreut! Endlich nach all den Jahren finanzieller Entbehrung sollte sie gutes Geld für gute Arbeit erhalten. Und sie wollte das Leben genießen - das wilde Leben in diesem vor Lebendigkeit brodelnden Berlin.

Da sie ohne Computer total aufgeschmissen war, und mit ihrer wichtigen physikalischen Versuchsreihe überhaupt nicht beginnen konnte, verfluchte sie im Stillen bereits dieses vermeintliche Ehepaar Leitmüller, das anscheinend ja soo beschäftigt war.

Ihre gerade begonnene Karriere drohte jämmerlich flussabwärts zu plätschern. Schließlich erwartete die Institutsleitung innerhalb der Probezeit brauchbare Ergebnisse oder wenigstens kreative Ansätze von ihr. Vor lauter Däumchen Drehen und Warten wurde sie ganz kirre. Sie konnte noch nicht einmal mailen oder sich mit primitiven Computerspielen ablenken, weil das Gerät durch das unbekannte Passwort des Vorgängers völlig blockiert war.

Zum wiederholten Male lackierte sie ihre Fingernägel und hing dabei trüben Gedanken nach, die alle in etwa dieselbe Richtung mündeten, nämlich, dass man Ehepaare niemals gemeinsam beschäftigen sollte, weil die sich gegenseitig nur von der Arbeit abhielten.

Da gab es diese Geschichte aus ihrer Schulzeit mit der Englischlehrerin und dem Mathelehrer, die ein Paar waren. Entweder hatte die Tagesmutter sie versetzt oder das Jüngste litt an Verstopfung. Dann wieder waren im Kindergarten Läuse aufgetreten, und die defekte Waschmaschine hatte das Haus unter Wasser gesetzt. Jedes Mal fiel in ihrer Klasse entweder Mathe oder Englisch aus. Dass sie es bei dieser lückenhaften Schulbildung überhaupt so weit gebracht hatte, erstaunte sie selbst ein wenig.

Ihr Blick fiel auf die interne Telefonliste, die sie gerade als Unterlage für ihre Maniküre zweckentfremdete. Leitmüller war schnell gefunden. Es gab nur eine Telefonnummer. Also saßen die beiden auch noch im selben Büro. Wie hatte die Institutsleitung nur einen solchen Fehler begehen können?

Genervt wählte sie die Nummer.

Es tat sich erst einmal gar nichts.

Als ihr das ewige Tüdelü des Freizeichens bereits Migräne zu verursachen drohte, meldete sich plötzlich eine sehr piepsige Stimme mit:

„Hallo?" Sie hatte es offenbar nicht einmal nötig, ihren Namen zu nennen!

„Spreche ich mit Frau Leitmüller?", fragte Alina barsch.

„Ne, hier ist Sabine. Ich bin die Praktikantin. Im Moment bin ich hier allein. Frau Leitmüller ist im Haus unterwegs."

„Legen Sie ihr bitte einen Zettel hin. Sie soll mich unbedingt noch heute zurück rufen." Sie gab ihr die Nummer in der Hoffnung, dass es eine zuverlässige Praktikantin sein möge.

Als Alina von der Mittagspause zurück kam, schrillte das Telefon in ihrem Büro. Sie wühlte nach dem Schlüssel in den geheimnisvollen Tiefen ihrer Handtasche. Es war wie in diesen Alpträumen. Die Tür klemmte. Ehe sie noch zum Schreibtisch hechten konnte, stand der Apparat wieder unerhört stumm da.

Das musste diese Frau Leitmüller gewesen sein oder ihr Mann. Ohne richtig Luft zu holen wählte sie die Nummer. Niemand meldete sich.

Der Tag ging wieder mit sinnlosem Warten zur Neige.

Da sie noch keine passende Wohnung gefunden hatte, war sie zurzeit in einem dem Institut angeschlossenen Wohnheim untergebracht. Im Fernsehraum traf sie eine junge Frau, die sehr sympathisch wirkte. Sie sah sich gerade einen englischen Film an. Alina nickte stumm und ließ sich in den Sessel neben der Fremden fallen. Sie war so kraftlos von all dieser Frustration und der erzwungenen Untätigkeit, dass sie kaum den Dialogen in der ihr sonst recht vertrauten Sprache folgen konnte.

„Liebst du den Story?" Die Frau sah sie lächelnd an. Es musste eine der vielen Mitarbeiterinnen sein von jenseits des großen Ozeans.

Alina nickte zerstreut und lächelte ebenfalls.

Sie kamen ins Gespräch. Sie tranken eine Flasche Wein miteinander.

Alina ging es besser.

Es hilft, jemanden zu haben, mit dem man reden kann, dachte sie.

Die Verständigung war etwas schwierig. Dolores Muttersprache war Spanisch. Sie kam aus Argentinien. Englisch und Deutsch beherrschte sie eher lückenhaft. Aber immerhin war sie schon längere Zeit am Institut und konnte Alinas Problem begreifen.

„Leitmüller sein sehr wichtig, weil Computer hier sein wichtig. Er sein very important Mensch in Institut!" Dolores gestikulierte wild, um ihre etwas linkischen knappen Formulierungen gebührend zu unterstreichen.

Informatik hätte Alina studieren sollen, dann wäre sie auch eine wichtige Person und nicht jemand, den man im hintersten Büro versauern ließ. Ihre Mundwinkel sanken wieder gefrustet nach unten.

„Ja, so ähnlich hab ich mir das schon vorgestellt. Und seine Frau unterstützt ihn dabei wahrscheinlich nach Kräften."

Die Argentinierin machte kugelrunde Augen und schaute etwas verständnislos drein.

„Frau? Ach, das! Was sein dein Problem?"

Alina lästerte eine Weile über gemeinsam beschäftigte Ehepaare ab und entwickelte dabei einen irren Silbenverschleiß. Rotwein machte sie immer sehr redselig. Dolores gähnte irgendwann.

„Ach, ich langweile dich mit meinem Geschwätz. Es wird Zeit zu Bett zu gehen. Morgen ist auch noch ein Tag und da werde ich diesen Leitmüllers kräftig einheizen." Alina räumte die Gläser in die Spülmaschine.

„Es hat mir gut getan mit dir zu reden, danke!"

„De nada, buenas noches! Gut Nacht!" Dolores umarmte sie herzlich.

Gleich mit Beginn der Kernarbeitszeit ergriff Alina am nächsten Morgen das Telefon. Sie stand unter Dampf. Und sie hatte Glück.

„Leitmüller!", meldete sich eine dunkle Stimme.

Aha, sie hatte den Herrn der Schöpfung selbst am Apparat.

„Jetzt will ich Ihnen aber mal was erzählen...", sprudelte es aus ihr heraus, noch ehe sie ihr Gehirn einschalten konnte. Wenn der Mann wirklich so wichtig war, wie Dolores es ihr glaubhaft gemacht hatte, wäre etwas mehr Diplomatie angezeigt! Aber, um den Brei herum Gequatsche war noch nie ihr Ding gewesen. Hier stand eine Naturwissenschaftlerin aus echtem Schrot und Korn. Eine begeisterte Forscherin, die im Umgang mit Menschen - und schon gar mit solch wichtigen Menschen - leider noch wenig Erfahrung hatte.

Fast am Ende der Schimpfkanonade, als Alina doch einmal heftig nach Luft schnappen musste, fragte Herr Leitmüller unterkühlt:

„Bist du jetzt fertig, Schätzchen? Ich habe nämlich zu arbeiten!" Dann legte er den Hörer auf.

Alina drohte vor Wut zu explodieren. Sie überlegte, was sie tun könnte.

Mit Herrn Leitmüller war eindeutig kein vernünftiges Wort zu reden, also blieb nur seine Frau. Sie ließ einige Zeit verstreichen und versuchte es dann wieder unter der Telefonnummer. Leider erfuhr sie nur von der Praktikantin, dass Frau Leitmüller - wie gestern - im Hause unterwegs sei.

So viele überholungsbedürftige Computer konnte es doch in ihrem Institut gar nicht geben, dass zwei Vollzeitkräfte damit scheinbar hoffnungslos überfordert waren. Wahrscheinlich erledigte die Frau zwischendurch ihre Einkäufe oder saß beim Frisör.

Alina setzte sich erbost an den Schreibtisch, zerrte ein Blatt aus dem Druckervorrat und begann per Hand zu schreiben:

„Sehr geehrte Frau Leitmüller,

seit Tagen warte ich auf die Einrichtung meines Computers. Ich habe bereits mehrfach bei Ihnen angerufen. Leider ohne Erfolg. Ihr Mann hat mich sehr herabwürdigend behandelt. Als wichtige neue Mitarbeiterin des Instituts darf ich wohl auch etwas Respekt erwarten.

Bitte schauen Sie möglichst bald persönlich nach meinem Computer und schicken Sie nicht Ihren Mann.

Mit freundlichem Gruß..."

Die Hauspost beförderte den Brief auf schnellstem Wege in Leitmüllers Büro. Als unerwartete Reaktion erschien Alinas direkter Vorgesetzter. Er machte ihr Vorhaltungen, erinnerte sie an ihre Probezeit.

„Herr Leitmüller ist ein unverzichtbarer und äußerst beliebter Mitarbeiter. Wir können uns im Institut keine Querelen untereinander leisten. Sie wissen selbst, dass hier Menschen der unterschiedlichsten Herkunft arbeiten. Wir müssen alle sehr viel Toleranz aufbringen. Wenn Sie das nicht können, steht es Ihnen frei zu gehen."

Alina war schockiert. Tränen traten ihr in die Augen. Sie stammelte nur:

„Aber..., aber..." Weiter kam sie nicht.

„Nun heulen Sie mal nicht gleich. Herr Leitmüller kommt in einer halben Stunde zu Ihnen, dann entschuldigen Sie sich einfach bei ihm, und wir vergessen den unappetitlichen Vorfall!" Der Chef verschwand so schnell, wie er aufgetaucht war.

Alina fühlte sich elend. Die ganze Welt schien sich gegen sie verschworen zu haben. Vielleicht hatte sie sich in ihrem Ärger etwas im Ton vergriffen. Aber war das ein Grund, sie beinahe hinaus zu werfen? Sie kämpfte noch immer gegen die Tränenflut, als dreimal rhythmisch auffordernd angeklopft wurde.

Das musste der Leitmüller sein.

Noch bevor sie die Wagenladung feuchter zerknüllter Papiertaschentücher in den Abfallbehälter befördern konnte, riss jemand beherzt die Tür auf.

Das Erste, was ihr reumütig gesenkter Blick wahrnahm, waren ein paar sündhaft hohe Hacken in blankem schwarzem Lack.

Das konnte er nicht sein!

Also wanderte ihr Augenpaar etwas erleichtert die langen Beine in den dunklen Seidenstrümpfen hinauf bis zum sehr hoch gerutschten Saum eines knallrosa Strickkleides. Das rosa Bonbon vollführte einen übertriebenen Hüftschwung. Die unnatürlich hellblonde Haarmähne flatterte wild um ein äußerst markantes stark geschminktes Gesicht mit einer riesigen Glitzerbrille.

„Hi, Kleines, hier bin ich, ganz zu deinen Diensten!", flötete eine rauchige Alt-Stimme.

Völlig irritiert starrte Alina ihr Gegenüber mit rotgeweinten Augen und offenem Mund an.

„Na, haste dich wieder beruhigt? Dann komm mal zu dir, Schätzchen und mach den Stuhl frei. Ich soll dein Baby auf Vordermann bringen." Überspitzt akzentuiert fügte das scheinbar aus einer Travestie-Show entsprungene Wesen hinzu:

„Ich... bin... Leitmüller. Ich... komme... wegen... dem... Computer!"

Zur optischen Untermalung der Worte tippte Herr beziehungsweise Frau Leitmüller auf den in Plastik eingeschweißten Institutsausweis gleich über der üppig ausgestopften rosa Brust.

Die Paradiesvögel

Als der EWIGE die Paradiesvögel erschuf, hatte er es eigentlich gut gemeint. Wahrscheinlich war er angesichts der schwierigen und sehr langwierigen Schöpfungsaktivitäten etwas müde gewesen und hatte deshalb einen schlechten Tag.

Aber eigentlich sahen diese Vögel nicht weniger hübsch aus als andere. Sie entsprachen ihrer Bestimmung, flogen ganz leidlich, ließen ihre eigenwilligen Stimmen erschallen und legten Eier für die Vermehrung. Und solange da noch der Garten Eden war, in dem alle Lebewesen wunderbar miteinander harmonierten, gab es mit ihnen keinerlei Scherereien.

Doch als der SCHÖPFER nach all der Anstrengung eine längere Ruhepause einlegte, in der sich seine Schöpfung selbst weiter entwickeln sollte, kamen heimlich der Neid, der Hass und die Zwietracht in diese Welt. Diese Drei versuchten mit aller Kraft das gut gemeinte Werk zu zerstören. Auch die Vogelwelt blieb davon nicht verschont.

Die verschiedenen Vögel im Garten Eden konnten einfach keinen Frieden mehr miteinander halten. Jeder wollte ein bunteres Gefieder besitzen als der andere und natürlich schöner singen können. Sie stahlen sich gegenseitig die Eier aus den Nestern, um die Jungen als ihre eigenen aufzuziehen, oder sie zerstörten gleich das ganze Gelege. Damit wollten sie erreichen, dass ihre eigene Art die tonangebende wurde.

Die Paradiesvögel waren nicht besser als die anderen. Sie waren eben eigentlich ganz normale Vögel und unterschieden sich von ihren Vettern nicht mehr als diese sich untereinander. Aber sie hatten das Pech, dass im Garten Eden ein Mobbing gegen sie angezettelt wurde.

Und so waren sie bald die Prügelknaben des Paradieses. Schon allein ihr Name, der scheinbar intendierte, dass sie im Paradies bevorzugtes Heimrecht hätten, steigerte den Hass der anderen Vogelarten ins Unermessliche.

Konnte es möglich sein, dass auch der ewige gerechte SCHÖPFER seine Lieblingstiere hatte? Und wie Kinder eifersüchtig um die Liebe ihrer Eltern buhlen, taten es die Vögel um die Gunst des schlafenden WELTENHERRSCHERS, der leider in seinem tiefen gesunden Schlummer davon völlig unberührt blieb.

War es zuerst nur der Name, an dem diese Geschöpfe vollkommen unschuldig waren, so wurden allmählich auch ihre äußeren Merkmale und ihre spezifischen Charaktereigenschaften zu Steinen des Anstoßes.

„Schau nur, da stolziert wieder einer dieser Paradiesvögel. Mit dem lächerlich großen gebogenen Schnabel sieht er aus als falle er gleich vornüber. Aber die halten sich ja alle für was Besseres!" So oder ähnlich hörte man es häufig zwitschern.

Als die Paradiesvögel diese Anfeindungen nicht mehr aushielten und außerdem befürchteten, dass sie durch die Übergriffe der anderen Vögel bald ausgerottet würden, verließen sie den Garten Eden, um in die unwirtliche Welt zu ziehen. Sie hofften irgendwo einen Platz zu finden, an dem sie willkommen wären und in Ruhe ihre Jungen aufziehen könnten.

Dabei gingen sie recht klug vor, denn Not macht bekanntlich erfinderisch, und sie litten ja große Not.

Da es überall auf der Welt schon Vögel gab, mussten sich die Paradiesvögel ihnen unterordnen und anpassen, um zu überleben. Teilweise verleugneten sie ihre Herkunft und wählten sich Partner aus anderen Vogelrassen, um ein leichteres Leben zu haben.

Aber wie geschickt sie auch vorgingen, sobald in dem Gebiet, indem sie sich angesiedelt hatten, irgendein Unheil geschah, gab man ihnen allein die Schuld. Dadurch flammten der alte Hass und Neid ihnen gegenüber immer wieder auf. Nirgendwo fanden sie dauerhaft Ruhe und Frieden. Und da sie das Paradies verlassen hatten, besaßen sie auch keine richtige Heimat mehr.

Viele Jahrhunderte später zog es einige der Nachkommen der Paradiesvögel, die bereits über die ganze Erde verstreut waren und längst nicht mehr an ihrem spezifischen Äußeren oder dem charakteristischen Gesang zu erkennen waren, zurück in die Gegend des Garten Edens.

Sie hatten durch ihre Vorfahren so viel Schönes von diesem Land gehört, dass sich ihre Sehnsucht nach dieser ehemaligen Heimat ins Unermessliche gesteigert hatte. Da die Umstände in der übrigen Welt für sie inzwischen lebensbedrohliche Ausmaße angenommen hatten, hofften sie hier endlich ein friedliches zu Hause zu finden, wie es alle anderen Vögel besaßen.

Doch was bot sich ihren Augen dar, als sie das Land nach langem entbehrungsreichem Flug endlich unter sich sahen? Zum größten Teil war das Gebiet, in dem nach Aussage ihrer Väter einst Milch und Honig flossen, zur unwirtlichen Wüste geworden.

Zurück konnten sie nun nicht mehr, also versuchten sie mit all ihrem Überlebenswillen das Beste aus ihrer Lage zu machen. Vögel gab es in dem unfruchtbaren Land glücklicherweise nur noch wenige. Sie lebten aus Futtermangel nicht in festen Territorien, sondern flatterten umher und ließen sich mal hier und mal dort nieder.

Die Paradiesvögel wurden von ihnen nicht als Freunde behandelt. Sie mussten den verschiedensten Leitvögeln des Landes Tribut zahlen, damit sie dort geduldet wurden. Außerdem erhielten sie nur besonders unwirtliche Gebiete zum Bau ihrer Nester. Das schwierige Leben in der Welt hatte sie aber widerstandsfähig und zu wahren Überlebenskünstlern gemacht.

Trotz aller Hindernisse gelang es ihnen, das ehemalige Paradies wieder in ihre Heimat zu verwandeln. Sie trugen viele Samen heran und sorgten für Bewässerung und bald grünte und blühte es überall, wo sich die Paradiesvögel niedergelassen hatten. Sie begannen die von ihnen neu geschaffene Heimat zu lieben und zogen dort ihre Jungen auf.

Die anderen Vögel in der Region beäugten mit großer Missbilligung alle Erfolge der Zurückgekehrten und vor allem deren glückliche Vermehrung.

Noch war zwar reichlich Platz in dem Land, aber die ehemals bevorzugten Gebiete erschienen neben den blühenden Paradiesgärten plötzlich öd und leer.

Da zog es alle gefiederten Bewohner der Umgebung immer mehr hin zu den Nestern der Paradiesvögel. Diese ließen sie großzügig in ihrer Nähe wohnen und gaben ihnen, wenn sie bei der Gartenpflege halfen, von ihren Körnern und Früchten zu fressen. Teilweise freundeten sie sich miteinander an und wählten sogar Partner von den anderen Arten.

Sicherlich hätten die Paradiesvögel und ihre Vettern nun endlich in Frieden in ihrer alten Heimat leben können, aber da waren noch immer der Neid, der Hass und die Zwietracht in der Welt und der EWIGE schlummerte weiter den Schlaf des GERECHTEN.

So geschah es, dass sich die Vögel rings um den Paradiesgarten die Schnäbel nach den herrlichen Früchten leckten, die dort so wunderbar gediehen. Sie hätten alle ebensolche Früchte anbauen können, aber die aus Nachbars Garten sind eben süßer und machen keine Arbeit.

Die Paradiesvögel, durch Jahrhunderte der Unterdrückung und Verfolgung sehr vorsichtig geworden, hatten sich vor Dieben gut geschützt. Sie trainierten ihre Jungtiere in der Verteidigung der Gärten, weil sie ihnen als das Kostbarste und Wichtigste auf der Welt erschienen - nämlich ihre neue Heimat.

So waren ihnen die anderen Vögel im Kampf unterlegen. Die setzten deshalb darauf, durch zahlenmäßige Überlegenheit die Herrschaft über all die blühenden Gärten übernehmen zu können. Dass sie sie dann auch pflegen und erhalten müssten, was ihnen bisher immer viel zu große Mühe bereitet hatte, bedachten sie dabei nicht. Sie legten doppelt so viele Eier wie gewöhnlich und siedelten noch Verwandte aus anderen Gebieten an, so dass ihre Zahl sich innerhalb kürzester Zeit vervielfachte.

Dann begannen sie tagtäglich zu klagen, dass sie zu wenig Raum hätten, um ihre Nester artgerecht zu bauen, und dass ihnen die Paradiesvögel nicht genug Futter übrig ließen, um ihre Jungen verantwortungsvoll zu betreuen.

Die Paradiesvögel ahnten Böses. Sollte der ewige Unfriede sie auch hier wieder einholen? Einige von ihnen wollten ihr Land den anderen Vögeln überlassen, um ihre eigenen Federn zu retten, andere beschlossen bis zum bitteren Ende um die Heimat zu kämpfen.

So entbrannte ein Streit unter den Paradiesvögeln, der ihren Feinden die Möglichkeit gab, sie zu schwächen. Durch Boten wurde unter allen Vögeln der Welt die Kunde verbreitet, dass die Paradiesvögel die Weltherrschaft zu übernehmen beabsichtigten und nun aufs äußerste zu bekämpfen, ja möglichst auszurotten, seien.

In ihrer inneren Zerrissenheit, und angesichts der feindlichen Übermacht, gab es unter den Paradiesvögeln zahlreiche Kollaborateure. Aber eine kleine Zahl besonders mutiger und verzweifelter Vögel kämpfte verbissen weiter.

Sie erlitten Tag für Tag große Verluste, und an eine geregelte Fortpflanzung oder die notwendige Pflege der arbeitsintensiven Gärten war nicht zu denken. So sannen die klügsten unter ihnen schließlich darauf, mit den feindlichen Nachbarn einen sehr schmerzlichen Friedens-Kompromiss auszuhandeln.

Die Verhandlungen wurden nicht weniger hart geführt als die Kämpfe, die während dessen noch ständig anhielten. Jedes Mal, wenn die Paradies-vögel sich bereit zeigten, Zugeständnisse zu machen, wurden sie durch hinterhältige Angriffe der Nachbarn belehrt, dass eigentlich ihre Ausrottung das Ziel der gesamten Aktionen war.

Als sie nicht mehr ein noch aus wussten, besannen sie sich der Geschichten ihrer Vorfahren, die noch in Gegenwart des EWIGEN im friedlichen Garten Eden gelebt hatten. ER hatte ihren sonderbaren Gesang so sehr geschätzt, dass sie IHN einst in den Schlaf singen durften.

„Lasst uns den gerechten HERRSCHER der Welt mit unserem Gesang aufwecken, damit ER den Frieden auf Erden wieder herstellt!", schlugen einige der besten Sänger unter ihnen vor. Und da niemand von ihnen einen anderen Ausweg kannte, versammelten sie sich, um dem Ewigen ein voluminöses Konzert mit ihren Stimmen zu veranstalten.

Nun war aus dem ehemaligen schönen charakteristischen Gesang der Paradiesgeschöpfe inzwischen ein gewaltiges nicht sehr wohltönendes Geschrei entstanden, das durch die große Not der Vögel obendrein in einer übermäßigen Lautstärke an die Ohren des SCHLUMMERNDEN drang. Seine süßen Träume von all den wundervollen Universen, die ER bereits erschaffen hatte und noch zu schaffen beabsichtigte, wurden von disharmonischen Klängen gestört, und ER tat mehrere ungehaltene tiefe Seufzer.

Was geschieht aber mit der Welt, wenn der ALLMÄCHTIGE seinen kräftigen Atem über sie ausbläst?

Schreckliche Stürme jagen über die Erde und bringen alle, die auf ihr leben, in große Gefahr. Besonders die Vögel, die es gewöhnt sind, sich von den Winden tragen zu lassen und seit ihrer Erschaffung den Luftraum als ihr Element ansehen, leiden unaussprechliche Not.

Aller Streit zwischen den Arten ist angesichts des himmlischen Strafgerichtes vergessen, weil ein Kampf ums nackte Überleben beginnt.

Nun sind plötzlich die Klugheit und der Mut der Paradiesvögel sehr gefragt. Sie werden von Ausgestoßenen zu Helfern der gesamten Vogelschar.

Und alle flehen sie ängstlich an, nur nie wieder ihre krächzenden Stimmen im Chor gen Himmel zu senden.

Ob der Neid, der Hass und die Zwietracht die Stürme wohl überleben werden?

Das Leben

Jens übte seinen Beruf als Altenpfleger gerade mal seit einem halben Jahr aus. Der anstrengende Job war mit nervlichem Stress verbunden. Aber seine Jugend und gute körperliche Konstitution machten die Arbeit erträglich. Dazu kam, dass er die alten Menschen, die seine Hilfe brauchten, gern mochte. Er war das, was „normale Leute" ein Heimkind nannten. Seine Eltern wurden vor elf Jahren in ihrem roten Polo von einem übermüdeten Lkw-Fahrer „plattgemacht", wie er es auszudrücken pflegte, wenn jemand neugierig danach fragte.

Die noch lebenden Verwandten, hatten es abgelehnt, ihn bei sich aufzunehmen. Jetzt waren die Pflegebedürftigen seine Familie. Sie lächelten ihn freundlich an, drückten dankbar seine hilfreichen Hände und erzählten ihm vertrauensvoll ihre kleinen und großen Sorgen.

Er bückte sich, ertastete den Schlüssel unter der Fußmatte und öffnete die Haustür. Bernhard W. war sein letzter Fall an diesem Tag, einer der „Abgängigen", wie die Kollegen sich untereinander in ihrer zeitsparenden Art zu verständigen pflegten. Er lag fast nur noch in seinem Pflegebett in der ehemaligen Wohnstube. Die steile Treppe zum leeren Eheschlafzimmer in der oberen Etage stellte für ihn ein unüberwindliches Hindernis dar.

Heute erwartete er Jens jedoch in seinem bequem einstellbaren Ruhesessel. Der Fernseher lief ausnahmsweise nicht auf voller Lautstärke.

„Moin, Bernhard, all up Stee?", begrüßte Jens den Alten mit Handschlag.

„All kloor, min Jung!", antwortete Bernhard wie gewöhnlich, verfiel aber gleich wieder ins Hochdeutsche, weil er zwar seit Jahrzehnten in Emden lebte, doch eigentlich aus Hannover stammte.

Während Jens ihm bei seiner abendlichen Körperpflege half, bemerkte er, dass der alte Herr für seine Verhältnisse sehr einsilbig war. Irgendetwas schien ihn zu bedrücken.

„Hast du heute große Schmerzen?", fragte Jens und massierte Bernhards Rücken sanft mit einer Tinktur, die das Wundliegen verhindern sollte.

Der schüttelte nur wortlos den Kopf. Sein graues Haar war noch dicht und inzwischen schulterlang. Jens erschien es in der grellen Badezimmer-Beleuchtung fast wie ein Heiligenschein. Auch sein nackter Körper wirkte so ausgemergelt und verledert, wie bei einem Asketen, der Jahre in der Wüste zugebracht und um Erleuchtung gebetet hatte.

Alte Menschen besitzen eine übernatürliche Schönheit, dachte der junge Mann und sein Herz krampfte ein wenig, weil ihm gleich darauf die Vergänglichkeit in den Sinn kam.

Als habe Bernhard seine Gedanken erfasst, begann er plötzlich leise zu weinen. Jens nahm ihn in den Arm und wiegte ihn sacht, wie er es selbst gern gehabt hätte, wenn er traurig oder einsam war. Nach einer kleinen Weile beruhigte Bernhard sich und konnte angekleidet werden. Auf dem mühsamen Weg in die Wohnstube zurück seufzte er:

„Ich hoffe, du nimmst mir das nicht übel. Wenn einem das Wasser bis zum Hals steht, kann es leicht vorkommen, dass man überläuft."

„Schon okay, Bernhard! In den Sessel oder gleich ins Bett?"

„Ne, nur nicht ins Bett! Liegen kann ich noch lange genug, min Jung."

85

Schließlich saß Bernhard in der gewünschten Position in seinem Sessel und Jens hatte eigentlich Feierabend. Er dachte an seinen Kumpel Michi und an das kühle Jever im "Schienfatt".

„Soll ich dir den Fernseher einschalten?", fragte er halb entschuldigend.

„Ne, nach dem Geflimmer steht mir heute nicht der Sinn."

Es entstand eine Pause, die einem erstickten Hilferuf nahe kam.

„Die Inge hat 'ne große Flasche Cola für dich in den Kühlschrank gestellt und zwei Flaschen Bier. Kannste nicht noch ein paar Minuten bleiben?" Er sah den jungen Pfleger voller Erwartung an, und auf der bleichen Pergamenthaut seines faltigen Gesichtes bildeten sich hektische rote Flecken.

Jens zog sich den Hocker heran und rutschte ganz eng an die Seite des alten Mannes, so musste er ihn nicht anschreien, um verstanden zu werden. Der süßlich modrige Geruch des nahenden Todes, gegen den viele seiner Kollegen ständig Pfefferminz lutschten, störte ihn nicht mehr. Er begleitete ganz selbstverständlich seinen Alltag.

„Ich kann noch eine halbe Stunde bleiben, dann hab ich aber eine wichtige Verabredung."

Bernhards Runzeln strahlten von innen, und sofort begann er wie gewöhnlich mit seiner tiefen vollen Stimme zu erzählen. Der Junge mochte seine Geschichten, sie handelten vom Leben, und das Leben war für Jens das Interessanteste überhaupt.

„Würdest du mit einem tauschen wollen, den in seinen besten Jahren der verdammte Prostatakrebs gepackt hat und der sich dann für den Rest seines jämmerlichen Lebens die Hosen voll macht, wie ein kleines Kind?"

Jens wusste, dass er keine Antwort von ihm erwartete, deshalb hörte er nur aufmerksam zu, nickte hin und wieder zustimmend oder drückte dem Kranken tröstend die Hand. Er kannte diese traurige Geschichte längst:

Fortgeschrittenes Prostatakarzinom mit Mitte Vierzig, anschließende Prostatektomie, dabei stellte sich heraus, dass der Krebs bereits Darm und Blase befallen hatte. Der Chirurg entfernte so viel von dem Krebsgewebe, wie er verantworten konnte und nahm auch die Hoden weg, um das Testosteron zu stoppen. Anschließend muteten sie Bernhard noch eine Strahlentherapie zu, gaben ihm aber höchstens eine zehnprozentige Überlebenschance.

Da spielte sich in Puncto Sex nichts mehr ab und auch sonst erlaubte die verbliebene Harn- und Stuhlinkontinenz, nach Jens Vorstellung, keine gute Lebensqualität mehr. Wie hatte der Mann diesen Krebs niederringen und fünfundsiebzig Jahre alt werden können? Er überlebte seine Frau und sogar eines seiner drei Kinder.

„Ist schon ein kleines Wunder gewesen, als der Krebs nicht mehr nachweisbar war. Aber die Angst steckte mir mindestens noch zehn Jahre in den Knochen. Erst meinen Fünfundfünfzigsten haben wir dann ganz groß gefeiert. Ich bin noch mal aufgelebt, das kannst du mir glauben. Und meine Marie, die war daran nicht unbeteiligt. Das war eine tolle Frau. Mit der konnte ich Pferde stehlen. Sie hat zu mir gehalten, egal wie dicke es auch kam. Hol mir bitte da aus der Schublade das Album. Ich will dir die Fotos zeigen von unserem Wohnmobil und von Marie im Badeanzug. Da ist überall was dran, nicht wie die dürren Weiber heutzutage."

Jens tat ihm den Willen. Er nahm sich auch die Cola aus der Küche und blieb eine Stunde länger, als er eigentlich vorhatte. Es waren für ihn keine wirklichen Überstunden.

Geduldig schaute er sich Familienfotos an, die voll Leben und Glück ins Auge platzten. Ein klein wenig Neid stieg in ihm auf. War das möglich? Konnte ein Mann, der fast die Hälfte seines Lebens unter den Folgen einer schweren Krebserkrankung gelitten hatte, derart beneidenswert sein?

Jens hörte kaum noch, wie Bernhard von seinem erfolgreichen Sohn in Amerika berichtete. Der Alte, den seine glückliche Vergangenheit völlig in ihrem Bann hielt, hatte in diesem Augenblick weder Trost noch Hilfe nötig.

Das Foto vom Grab seiner jüngsten Tochter - sie verstarb vier Jahre vorher an Brustkrebs - war das letzte, danach gab es noch einige leere graue Seiten. Marie hatte den Schicksalsschlag nur elf Monate überlebt. Sie war nach Bernhards Überzeugung an ihrer Trauer zerbrochen.

Er ließ das Album sinken und klappte es leise zu.

„Nun ist langsam die Reihe an mir. Die beiden warten oben auf mich. Ich fühle das."

Jens warf ihm einen besorgten Blick zu. Aber Bernhard wirkte ruhig und gelassen.

„Bringst du mich bitte jetzt ins Bett? Ich bin sehr, sehr müde und werde heute bestimmt gut schlafen", bat er freundlich nach einer kleinen Redepause.

Als Jens schon mit seinem Kumpel beim Bier saß, spukten ihm noch Fetzen von Bernhards buntem Leben im Kopf herum. Und allmählich inmitten der lauten Kneipenatmosphäre umfing ihn die traurige Gewissheit, dass es ein endgültiger Abschied gewesen war

Die Wahrheit

Auf einer Insel mitten in einem gewaltigen See befand sich ein stattliches gepflegtes Anwesen umgeben von einem paradiesischen Garten.

Viele Schiffe und kleine Boote fuhren bei schönem Wetter über den See, der sich ungewöhnlich tief und oft wellengepeitscht darbot. Die Menschen warfen immer sehr gern einen Blick auf die prächtig blühende Insel, die wie eine stille friedliche Oase mitten aus den unberechenbaren Strömungen und Strudeln ragte.

Manch einer stellte dann sehnsüchtig fest: „Dort wird ein Glücklicher zu Hause sein!" Aber keiner kannte den Besitzer der Insel persönlich, obwohl natürlich reichliche Spekulationen über seine Person und sein wunderschönes Leben auf diesem gesegneten Eiland kursierten.

Eine Gruppe von sieben jungen Menschen, die all diese Geschichten gehört hatten und die idyllische Insel auch schon bei mehreren Schulausflügen vom Schiff aus bewundern durften, beschloss eines Tages, sich ein kleines Boot zu mieten, um direkt dort hin zu fahren.

Alle Berichte, die ihnen zu Ohren gekommen waren, warnten sie, dass dieses Unternehmen aussichtslos wäre. Die Strömung solle angeblich alle Boote von der Insel wegziehen, und der Eigentümer so vornehm und exzentrisch sein, dass er niemanden auf seiner Insel dulde. Ihnen drohten harte Strafe, wenn nicht sogar der Tod.

Manche Leute behaupteten hingegen, dass die Idylle nur eine Luftspiegelung sei, und sich an dieser Stelle lediglich ein riesiger alles verschlingender Strudel befände. Doch die sieben Mutigen schlugen aus dem naiven Wunsch heraus, die Wahrheit aufzudecken, alle Warnungen in den Wind und fuhren los.

Nachdem sie ihr Ziel mehrfach umkreist hatten und dabei beinahe gekentert wären, entdeckte einer von ihnen schließlich doch eine Anlegestelle. Viele vergebliche Manöver wurden notwendig, um das kleine Motorboot dort ans Ufer zu bringen, ohne dass es zerschellte. Doch endlich lagen sie sicher am Steg der duftenden Insel.

Zaghaft entstiegen drei von ihnen dem Boot, die anderen warteten angstvoll auf die Rückkehr der Waghalsigen. Diese fühlten sich in dem Garten von einem nie gekannten Frühlingsgefühl erfasst. Andächtig staunend schritten sie durch das Blütenmeer.

Als sie sich zögernd dem großen Haus näherten, erfüllte plötzlich eine zarte Musik die Luft, und irgendjemand sang ein solch fröhliches Lied, dass ihre Herzen zu hüpfen begannen. Dieses unerträgliche Glück verursachte ihnen körperliche Schmerzen und verwirrte sie so sehr, dass sie die Flucht ergriffen und atemlos ihr Boot mit den Gefährten erreichten.

Sofort legten sie ab und wurden auch schon von der Strömung weg getragen, noch bevor sie berichten konnten, was in dem Garten geschehen war.

Auch als sie längst das sichere Ufer des Sees erreicht hatten, waren die drei jungen Menschen noch sehr verwirrt. Keiner von ihnen fühlte sich in der Lage genau zu beschreiben, was ihnen eigentlich auf der Insel begegnet war. Sie verhedderten sich derartig in Widersprüche, dass niemand die Geschichte glauben wollte.

Ganz tief in ihren Herzen schwoll die Sehnsucht nach der seltsamen Musik im Blumengarten zu einem mächtigen Akkord an, so dass ihnen für eine kurze Zeit alle anderen Dinge in ihrem Leben nicht mehr wichtig erschienen.

Der Herbst mit seinen Stürmen setzte ein, und die fantastische Insel inmitten des nun unbeschiffbaren Sees verblasste nach und nach in der Erinnerung der einst so mutigen Schipper. Die paradiesische Erfahrung im duftenden Garten ließ sich nicht so leicht mit ihrer kleinen Wirklichkeit vereinen. Das tägliche Leben verlangte seinen Tribut.

Die drei Waghalsigen verarbeiteten das außergewöhnliche Erlebnis auf unterschiedliche Weise. Einer von ihnen begann Wunderblumen in einem Gewächshaus zu züchten, deren Samen angeblich von der geheimnisvollen Insel stammten, und machte damit so gute Geschäfte, dass er ein reicher Mann wurde.

Ein anderer verbreitete derart wirre Spekulationen über die Insel im See, dass er als gefährlicher Unruhestifter zum Schutze der Allgemeinheit in eine Anstalt für Geisteskranke eingewiesen wurde.

Der dritte konnte das aufwühlende Geschehen nicht vergessen. Ihn schmerzte es, dass sich seine Erinnerung immer mehr verflüchtigte. Er beschäftigte sich mit nichts anderem als der Idee, so schnell wie möglich wieder zu der Insel zu gelangen und diesmal das geheimnisvolle Gebäude zu betreten.

Mit seinem Pläneschmieden fiel er den restlichen seiner Freunde bald auf die Nerven, so dass er schließlich allein dastand und als komischer Sonderling verschrien war.

Als das Frühjahr kam, spähte er täglich sehnsuchtsvoll vom Ufer des Sees in Richtung der Insel. Wenn er einen kleinen Punkt am Horizont wahrzunehmen glaubte, überflutete ihn ein Glücksgefühl, das sein Herz höher schlagen ließ und ihn in die Knie zwang.

Bald begannen die beliebten Ausflugsfahrten über den See, und er erwarb gleich eine Saisonkarte. Aber mit dem lärmenden Volk an Bord kam er der Insel nur äußerlich näher. Die Menschen um ihn her frönten während der Fahrt ausschweifend ihrem leiblichen Wohl und redeten derart unwissend und oberflächlich über das Kleinod, dass es ihn innerlich schmerzte, und er nach zwei solcher Fahrten traurig den Rest der Karte verfallen ließ.

Sein Versuch, wieder ein Boot zu chartern, scheiterte, weil der einzige Bootsverleiher inzwischen von ihrem verbotenen Abstecher zur Insel erfahren hatte. Er hielt ihn für einen Hasardeur, der noch nicht einmal einen Bootsführerschein besaß, und er befürchtete, dass sein Eigentum bei dieser Aktion ernsthaft Schaden nehmen könne.

Es war Hochsommer geworden. Die glühende Sonne flimmerte über dem silbrig glänzenden See und der Sonderling lag träumend im warmen Sand. Da reifte in ihm die Idee, die Insel schwimmend zu erreichen.

Leider konnte er sich nicht aus eigener Kraft über Wasser halten. Es war nicht üblich, die Kinder im Land am See das Schwimmen zu lehren. Die Angst, dass eines in den gefährlichen Strudeln sein Ende fände, war bei Eltern und Lehrern zu groß. Es gab aber eine Schwimm- und Tauchschule für Erwachsene. Sie befand sich an einer verhältnismäßig seichten und strömungsarmen Uferstelle und hatte in der warmen Jahreszeit über Zulauf nicht zu klagen. Hier meldete sich der junge Mann zu einem Schwimmkurs an.

Den ganzen Sommer und auch die ersten noch warmen Herbstwochen hindurch übte er verbissen das Schwimmen unter Anleitung eines freundlichen Lehrers. Schließlich händigte der ihm lächelnd seinen Schwimmpass aus und meinte kopfschüttelnd:

„Du bist der ehrgeizigste Schwimmschüler, den ich seit Jahren unterrichtet habe. Keiner hatte bisher so viel Ausdauer — gepaart mit so wenig Talent. Ich hoffe, dass du nicht versuchst, allein auf den See hinaus zu schwimmen. Das dürfte sonst dein Untergang sein."

Der Sonderling nahm den Ausweis entgegen, der ihm nur theoretisch die Möglichkeit gab, ungehindert im See zu schwimmen. Ihm war auch ohne die mahnenden Worte des Lehrers längst klargeworden, dass er die Insel seiner Träume nicht schwimmend erreichen konnte. So lungerte er, während es kälter wurde, wieder voll Sehnsucht am Strand herum.

„Ich könnte ein wenig Hilfe gebrauchen. Du bist doch jung und stark!", schreckte ihn eine zittrige Stimme aus seinen Fantasien.

Neben ihm stand eine alte Frau, die ein großes Bündel mit Treibholz hinter sich her schleifte. Sie lächelte ihn zahnlos an, und ihre Augen strahlten so blau, wie der See an manchen ruhigen Sommertagen.

Der junge Mann erhob sich und warf das Bündel geschickt über seine Schulter.

„Wo soll's denn hingehen, Mütterchen?", fragte er lachend und folgte ihr zu einer Holzhütte unweit des Ufers.

Ihn wunderte nicht, dass er diese Hütte auf seinen Streifzügen übersehen hatte. Sie lag gut getarnt zwischen zwei großen Sanddünen und war von dornigem Gestrüpp fast ganz umgeben. Die Frau schlängelte sich geschickt einen kaum wahrnehmbaren Pfad entlang. Er blieb immer dicht hinter ihr und warf das Bündel endlich neben dem Eingang der Hütte ab.

Da sah er den Kahn!

Es war ein altes stark verwittertes Holzboot, wie es die Angler in Ufernähe zu benutzen pflegten, breit und stabil, mit hervorragender Wasserlage. Da es kieloben lag, glitt sein kritischer Blick mühelos darüber hinweg, um festzustellen, dass es keine größeren Schäden aufwies. Mit einigen Stunden Arbeitseinsatz könnte er es wahrscheinlich flott machen.

Die Greisin beobachtete, dass der hilfsbereite Jüngling ihren alten Kahn aufgeregt taxierte.

„Na, Jungchen, interessiert dich das steinalte Ding? Möchtest wohl fischen gehen? Komm, trink einen Tee mit mir, dann werden wir weiter sehen."

Er trank nicht nur diesmal Tee in der Hütte. Statt sehnsuchtsvoll über den Strand zu schlendern, brachte er seine freien Stunden nun immer bei der Alten zu. Sie hatte ihm den Kahn geschenkt. Er musste ihr dafür regelmäßig Strandholz bringen und einige Reparaturen am Dach vornehmen, damit der nahende Winter ihr nichts anhaben könnte. Zwischendurch begann er schon damit, den Holzkahn aufzuarbeiten.

Die Frau konnte sehr gut zuhören. Und auf ihre fröhliche Art gab sie manch tiefe Weisheit aus ihrem reichen Erfahrungsschatz preis. So wurden ihm die Stunden in ihrer Gegenwart nicht lang. Sie war die einzige, die seine Sehnsucht nach den Geheimnissen der Insel zu teilen schien. Sehr schnell hatte sie herausgefunden, dass er ihren alten Kahn nicht zum Angeln brauchte. Und obwohl auch sie ihn zur Vorsicht ermahnte, versuchte sie nicht ihm sein Vorhaben auszureden.

„Wenn du den Garten wieder sehen solltest, dann musst du mir eine der duftenden Blumen daraus mitbringen. Bitte versprich es mir, damit ich in Ruhe sterben kann", bat sie den Jungen mehrmals.

Der strenge Winter ging vorüber. Das kleine Boot sah aus wie neu. Er versah es mit einem Außenbordmotor und besorgte zusätzlich ein Paar Ruder. Dann kam der klare warme Tag, auf den er so lange voll Ungeduld gewartet hatte.

Er ließ den Kahn zu Wasser. Die Frau begleitete ihn zum Ufer und verabschiedete sich liebevoll von ihm, als wäre er ihr leiblicher Sohn. Tränen stiegen im Blau ihrer alten Augen auf, um sich dann den Weg über ihre Wangen zu suchen — Bäche in einem zerfurchten Tal. Ihr jugendlicher Freund drückte herzlich ihre kalten Hände und beteuerte nochmals, dass er ihren Wunsch erfüllen würde.

„Verlasse dich nur auf dein Herz. Es wird dich führen. Und sei achtsam!", rief sie ihm mit gebrochener Stimme nach.

Als der Motor losknatterte, glitt der Kahn mühelos auf den großen See, der in der Windstille anfänglich glatt wie ein Spiegel wirkte. Schon bald änderte sich das jedoch. Der Junge hatte mit bedrohlichen Strömungen und Strudeln zu kämpfen. Bald hatte er sich der Insel trotz allem schon auf Sichtweite genähert, und glaubte bereits einen Hauch ihres Duftes wahrzunehmen, da streikte plötzlich der Motor, und er musste an die Ruder.

Trotzig bot er den Naturgewalten die Stirn, indem er sich angestrengt in die Riemen legte. Sein Rücken schmerzte. Die Haut seiner Handflächen platzte auf. Sie färbten die Griffe der Ruder blutrot. Doch in seinem Innern pulsierte die Sehnsucht. Er war bereit, eher zu sterben, als sein Vorhaben aufzugeben.

Die bekannte Anlegestelle hatte er bereits erspäht, als eines seiner Ruderblätter entzwei brach. Die Strömung, der er nun kaum etwas entgegensetzen konnte, packte mit aller Gewalt das Boot und drohte ihn von der Insel wegzutragen.

Ohne lange zu zögern, warf er sich kopfüber ins wilde Wasser und begann zu schwimmen. Die Ermahnungen seines Schwimmtrainers in den Ohren und die Hütte mit der vertrauensvoll lächelnden Frau vor Augen, kämpfte er mit allen Muskeln und Sehnen, ohne merklich voran zu kommen. Fast hatte er die Hoffnung, den Steg jemals zu erreichen, schon aufgegeben, da kitzelten Wasserpflanzen seine nackten Beine und kurz darauf konnte er den Boden berühren.

Mit letzter Kraft zog er sich an Land. Dort blieb er wie tot liegen.

Irgendwann, er hatte sein Zeitgefühl völlig eingebüßt, kam er zur Besinnung. Seine leichte Kleidung war vom warmen Wind bereits getrocknet. Er spürte nichts als den unbändigen Drang, durch den Paradiesgarten zu dem schönen großen Haus zu gelangen. Sich endlich nach den vielen Entbehrungen am Ziel seiner Wünsche zu befinden, beflügelte ihn. Und als die Musik durch den Garten klang, begann er im Rhythmus seines angstvoll zuckenden Herzens mitzusummen. Unversehens stand er vor dem Portal des beeindruckenden Gebäudes. Sein Herz stolperte in der Brust und er zitterte. Weich in den Knien streckte er seine Rechte nach dem Türknauf aus...

Er erwachte im warmen Ufersand. Sein Kopf fühlte sich groß und leicht wie ein aufgeblasener Ballon an. Hände und Füße waren eiskalt, sein Körper vollkommen steif. Obwohl die Sonne noch hoch stand, zitterte er vor Kälte.

Als er sich mühsam aufrappelte, hätte er fast die handtellergroße zarte Blüte zerdrückt, die an seiner Seite lag. Sie erfüllte die Luft mit einem betörenden Aroma, und er wusste sofort, dass er nicht geträumt hatte. Zärtlich hob er die Blume auf, um sie genau zu betrachten. Sie war von einem reinen Weiß, das in den Augen brannte. Der Stempel glänzte in leuchtendem Purpur und wurde von den goldenen Samenfäden umringt, als wollten sie ihn zum König krönen.

Während er die Frische der Blüte auf seinen geschundenen Handflächen fühlte, beobachtete er staunend, wie die verschorften Wunden plötzlich verschwanden. Die Haut war wieder makellos wie die eines Kindes.

Mit zärtlichster Vorsicht trug er die Wunderblume zur Hütte der alten Frau. Die lag krank und schwach auf ihrer einfachen Bettstelle und lächelte ihn dankbar an, als er sich ihr näherte.

„Du hast Wort gehalten, Söhnchen!", flüsterte sie heiser. „Es wurde auch Zeit. Ich hätte nicht länger warten können."

Er legte die Blüte auf ihre Brust.

„Es ist eine Heilpflanze. Sie wird dich gesund machen, Mütterchen", tröstete er sie und streckte ihr die geheilten Hände zum Beweis entgegen.

Die Alte berührte die Zartheit der Pflanze und Tränen kullerten seitlich auf ihr Kissen.

„Die Blüten aus dem Paradiesgarten können alles heilen, aber nicht jeden. Mein Heil ist, dass ich jetzt gehen darf. Meine Arbeit hier ist vollendet. Begrabe meinen Leib mit der Blume neben meiner Hütte, dort, wo früher das Boot lag. — Und nun erzähle mir, was du auf der Insel erlebt hast, damit ich beruhigt einschlafen kann."

Er ergriff ihre Hand, drückte sie an seine heiße Wange und stammelte: „Es war eine sehr anstrengende Überfahrt, und fast wäre es mir nicht gelungen. Aber ich konnte den Duft des Gartens zurück gewinnen und die Musik erneut vernehmen. Doch als ich das große Haus betreten wollte, schwanden mir die Sinne. Mein Verstand war völlig entrückt, mein Kopf leer. Ja, ich selbst schien mich in Nichts aufzulösen.

Aber ich besinne mich ganz schwach, das Innere des Hauses gesehen zu haben. Es hatte weder Form, noch wäre es formlos zu nennen. Es besaß keine Farbe, obwohl ich es nicht als farblos beschreiben würde, und in jedem der raumlosen Räume traf ich auf mich."

Mit einem verwirrten Lächeln sah er die sterbende Alte an.

„Das klingt total verrückt, aber es war so. Ist es denn möglich, dass ich selbst in diesem seltsamen Haus auf der Insel wohne?"

Sie hob ein wenig ihre gesenkten Lider und betrachtete ihn mit liebevollem Blick.

„Das Haus unseres Vaters hat zahllose Räume. Du wirst noch viele wunderbare Erfahrungen auf der Insel machen, bis dass auch du für immer fortgehen darfst, wie ich jetzt. Aber denke daran: Es wird dir nichts für dich selbst gegeben. Du musst die Wahrheit behutsam an deine Mitmenschen weitergeben. Sie alle wollen irgendwann zur Insel gelangen. Und hüte dich sie zu bevormunden oder gar zu verletzen. Jeder, der die Insel sucht, hat das gleiche Recht an ihr."

„Ich kann nun nie mehr dort hin, weil mein Boot abgetrieben ist. Ich bin ein Versager!" Er hockte auf dem rauen Dielenboden und raufte sich das Haar.

„Wenn du mein Grab geschlossen hast, wird dir klar werden, dass du jetzt Unsinn redest. Wer die Insel einmal errungen hat, kann sie nie mehr verlieren, aber dafür ist Vertrauen sehr wichtig. Alle, die wir hier im Land am See leben, haben den großen Vorteil von ihrer Existenz zu wissen.

Was jeder von uns daraus macht, ist ihm selbst überlassen."

Ihr Kopf sank schwer zur Seite, und sie verschied mit einem friedlichen Lächeln.

Als der Junge bemerkte, dass sie tot war, stürzte er in seiner Verwirrung aus der Hütte und irrte bis tief in die Nacht hinein über den Strand. Im Morgengrauen wachte er im Schutz einer Düne auf und schüttelte fröstelnd den Sand ab. Dann trottete er traurig zur Hütte zurück, bereit seine schwere Pflicht zu erfüllen. Der lockere Boden war bald ausgegraben und der Leichnam in aller gebührenden Achtung beigesetzt.

Anschließend betrat er noch einmal die einfache Behausung, die fast so etwas wie seine Heimat geworden war. Er brühte sich eine Tasse Tee. Auf der Türschwelle hockend schlürfte er das heiße Getränk und dachte an die Insel.

Eine gewaltige Welle des Sehnens schwemmte alle anderen Bilder aus seinem Kopf. Das Herz schlug erneut in rasendem Tempo. Verzweiflung packte ihn. Er schleuderte die Tasse weg und stürzte sich blindlings auf das frische Grab, als erwarte er Hilfe von der Verstorbenen.

Völlig unvermittelt hüllte ihn ein warmer Licht-strahl ein. Liebe durchflutete jede Zelle seines Körpers mit solcher Macht, dass er es kaum er-trug. Und mühelos glitt er hinweg über den See bis zu dem Ort, der seine Sehnsucht nährte.

Die Meerjungfrau

Es war einmal eine Meerjungfrau, die lebte in einem wundervollen azurblauen Meer, in dem es ihr an nichts fehlte. Sie verbrachte ihre Tage mit Schwimmen, Tauchen und Plantschen in dem kristallklaren Wasser oder ritt jauchzend auf den schäumenden Wellen. Nachts schlief sie ganz ruhig und friedlich in den schützenden Seetangfeldern auf dem Meeresgrund. Dann träumte sie von den bizarren Korallenriffen, die sie erforscht hatte und den buntschillernden kleinen Fischen, welche sie immer auf ihren langen Streifzügen unter Wasser fröhlich begleiteten. Und das Meer umhüllte sie mit einer innigen Liebe, deren große Kraft sie selbst in ihren Träumen noch spürte.

Nun war das Meer angefüllt mit Millionen von Lebewesen. Alle waren auf ihre Art schön und hatten in dem Gesamtgefüge ihre wichtige Bedeutung. Aber das Meer empfand die Meerjungfrau als etwas ganz Besonderes. Es liebte sie mit einer Zärtlichkeit, die ihm selbst übertrieben erschien. Manchmal fragte es sich, wenn es ihren süßen Schlummer bewachte, ob seine große Liebe zu ihr noch von dieser Welt sei. Das Meer war von tiefen Glücksgefühlen erfüllt, wenn die Meerjungfrau glücklich war, und es strengte sich an, zu ihrer Begeisterung beizutragen, soviel es nur vermochte.

Was war es nur, das diese Liebe bedingte und nährte?

Das Meer konnte sich - wie alle wahrhaft Liebenden - diese Frage nicht beantworten. Es war hilflos seinen Gefühlen ausgeliefert. Es *musste* seine Angebetete zärtlich einhüllen, umfangen, auf seinen Wellen schaukeln. Sie war genau das, was es wollte, wonach es sich sehnte und was sein ganzes großes Verlangen nach Liebe stillte - täglich wieder aufs Neue.

Es bewunderte ihre natürliche Schönheit, die Eleganz ihrer Bewegungen, mit denen sie seine Fluten durchschnitt. Es glättete ihr goldenes langes Haar, welches wie ihr schuppiger Schwanz in jedem Sonnenstrahl funkelte und glänzte. Es betrachtete ihre wundervollen bernsteinfarbenen Augen, die plötzlich vor Begeisterung in ein strahlendes Grün wechseln konnten. Und es streichelte ihre vollen zarten Lippen, die manchmal so gefühlvoll und genüsslich an seinen Tropfen saugten.

Nun hätte das Meer glücklich sein können, aber es wollte nichts mehr, als die Gewissheit, dass seine Liebe erwidert wurde. Die Meerjungfrau erschien ihm zwar glücklich in seinem Element. Sie war so sehr sie selbst und lebte nur ihrer Bestimmung, dass sie einfach glücklich und zufrieden sein *musste*. Aber war ihr bewusst, dass das Meer sie so liebte, und liebte sie es mit gleicher Intensität? Wie konnte das Meer dies je erfahren? Sie sprachen nicht dieselbe Sprache, sie waren nicht von derselben Art ...

Das Meer kam auf den seltsamen Einfall, sich von der Meerjungfrau zu trennen. Sie sollte spüren, wie es war, ohne seine große Liebe und Fürsorge zu existieren.

An einem stürmischen Dezembertag, der Himmel war von drohenden Wolken verhangen, und ein ohrenbetäubendes Brausen lag über dem Meer, trug eine riesige Welle die Meerjungfrau an den Strand, wo sie hilflos liegen blieb. Sie wusste nicht wie ihr geschah. Sie litt und weinte salzige Tränen. Sie fühlte sich hilflos, unbeweglich und schrecklich allein. Mühsam robbte sie in Richtung des Meeres, doch ein Sandstreifen, mit spitzen

Steinen gespickt, versperrte ihr den Weg. Sie lag dort und fühlte sich dem Tode nahe. Mit letzter Kraft rief sie nach dem einzigen Element, das ihr das Leben erhalten konnte und überhaupt lebenswert erscheinen ließ. Sie kannte nur das Brausen der Wellen. Und so sang sie das Lied des Meeres.

Ihre Stimme war so verzweifelt, ihm gleichzeitig so vertraut und von einer herzzerreißenden Schönheit, dass das Meer sie noch durch das Tosen des Sturmwindes vernahm. Nicht eine Minute länger konnte es die geliebte Meerjungfrau ihrem Leiden überlassen. Es fürchtete sie zu töten. Die nächste mächtige Welle saugte das zarte Wesen deshalb zurück ins Meer.

Seither waren alle Zweifel des Meeres beseitigt. Die Meerjungfrau hatte sich seiner Sprache bedient und ihm damit ihre Liebe bewiesen.

Der Pirat und die Lady

Es war einmal ein Pirat, der sich durch seine Unerschrockenheit besonders auszeichnete. Mutig stürzte er sich in sämtliche Gefechte, die sich ihm boten, und ging mit großem Glück immer als Sieger aus ihnen hervor. Da er seine körperlichen Kräfte ständig bis an den Rand der Belastbarkeit ausnutzte, bemerkte er nach vielen Jahren des Kampfes, zu seinem großen Entsetzen, dass er allmählich älter und schwächer wurde.

Seine Mannschaft war weiterhin guten Mutes, dass die erfolgreichen Beutezüge niemals enden würden, und feierte wie immer mit reichlich Rum einen soeben gelungenen Beutezug.

Der wilde Jan hingegen saß sehr nachdenklich auf einer großen morschen Kiste, aus der die Goldstücke seitlich schon herausquollen. Sein schönes volles schwarzes Haar war lichter geworden und fast ganz ergraut. Die braun gegerbte Gesichtshaut wies viele alte Narben auf und inzwischen auch zahlreiche Mimikfalten. Die imposante Adlernase dominierte wie eh und je sein ausdrucksstarkes Gesicht. Seine Lippen hatte er gerade krampfhaft verkniffen und die starken Brauen über den dunkel schimmernden Augen böse zusammengezogen. Unwirsch schlug er nach einer Fliege und kratzte sich anschließend ausgiebig die behaarte muskulöse Brust.

Da klangen plötzlich leise klagende Schreie an sein sensibles Ohr. Er stand nämlich in dem Ruf, die Bäume wachsen hören zu können. Die Mitglieder der Mannschaft nahmen davon keine Notiz. Sie waren schon ziemlich betrunken und lärmten und grölten herum.

Niemand bemerkte, dass sich der Anführer langsam erhob und vor die Höhle trat. Noch immer geschmeidig wie eine Wildkatze schlich er sich in die Richtung der kleinen spitzen Schreie, die langsam schwächer zu werden schienen.

Obwohl die Stimme eher zart als wild klang, entsicherte er vorsorglich seine Pistole und versuchte keinerlei Geräusche zu verursachen. Der Mond hatte seine bleiche Sichel ans Firmament geheftet und tauchte den Strand, die Meeresbucht und sämtliche Vegetation in schillerndes Silber.

Jan kannte die zarte Atmosphäre solcher Abende zu genüge und registrierte sie nicht besonders, obwohl er ganz tief drinnen sehr wohl einen Sinn für derartige Schönheit besaß.

Plötzlich war alles still. Er hörte nur das leise Rauschen der Bäume im Wind und das sanfte Schlagen der Wellen. Dann sah er eine zarte weiße Gestalt, die aus dem Unterholz stürzte und dem Strand zu stolperte, gleich dahinter folgte der große schwarze Schatten eines wilden Hundes. Jan konnte die starke Ausdünstung des Tieres riechen und nahm gleichzeitig das gierige Hecheln wahr. Ohne zu zögern legte er an.

Der Knall der Pistole zerriss jäh die Stille. Der haarige Körper des Tieres stürzte nach vorn und fiel dann seitlich um. Ein beängstigendes Röcheln ertönte, untermalt von einem leisen Schluchzen. Zielsicher setzte er die Waffe an die Schläfe des Hundes und drückte ein weiteres Mal ab. Er wollte das Tier nicht unnötigem Leiden aussetzen.

Die jetzt laut weinende weiße Gestalt war in den Sand gestürzt und wand sich am Boden wie eine sich häutende Schlange. Der eigentlich unerschrockene Mann trat zögernd näher heran.

Die Frau – denn, dass es sich um eine Frau handelte, hatte Jan inzwischen erkannt – schrie jetzt schrill und in Todesangst. Schnell steckte er die Pistole in den Gürtel und räusperte sich. „Ähm,

Lady, keine Angst. Der Köter ist tot, und ich bin kein Monster", sagte er mit einer sonoren Stimme, die ihm nicht ganz gehorchen wollte. Die Frau wurde augenblicklich ruhig. Zitternd saß sie im feuchten Sand und sah flehend zu ihm auf.

Das war der entscheidende Moment! Jan blickte nur eine Sekunde zu lange in die von Tränen schwimmenden bernsteinfarbenen Augen, und es war um ihn geschehen.

Als er der Frau die starke raue Hand reichte, um sie auf ihre Füße zu ziehen, wusste er nicht wie ihm geschah. Sein Herz klopfte plötzlich nicht mehr an der üblichen Stelle, sondern hatte sich im ganzen Körper verteilt. Jede einzelne Zelle schien zu pochen. Seine Zunge schwoll an und wurde trocken, seine Knie wollten den gestählten Körper kaum noch tragen. Die Hände wurden feucht, und er begann am ganzen Leib zu zittern.

Kaum auf den Füßen schlang sie ihre weichen Arme um seinen sonnengegerbten Hals und hauchte ihm einen zarten Kuss auf die Wange. Seine Augen begannen erregt zu flattern. Er roch ihren frischen aromatischen Duft. In seinen Ohren knisterte das Rascheln ihrer Kleider. Seine Füße waren wie zwei Pfähle in den feuchten

Sand gerammt, und seine Arme standen völlig hilflos seitlich vom Körper ab.

„Oh, danke! Sie haben mir das Leben gerettet. Unser Schiff wurde von Piraten überfallen, und ich konnte mich gerade noch hier an Land verstecken. Allerdings, wenn dieses wilde Biest mich erwischt hätte … Gnade mir Gott!", säuselte sie mit einer Stimme, um die sie Odysseus Sirenen beneidet hätten.

Immer noch hing sie an seinem Hals und zappelte ein wenig mit den Füßen in der Luft, denn er war zu einer steinernen Säule erstarrt und hatte sie dadurch leicht nach oben gezogen. Ihre Worte drangen zwar ungehindert an sein Ohr, aber er vermochte deren Sinn nicht zu erfassen. Es war als lausche er der Musik des Meeres, die er liebte aber nicht verstand.

Nach einer gefühlten Ewigkeit, ließ sie sich endlich wieder auf ihre Füße sinken. Jan schwankte wie eine Palme im Sturm. Er hatte kaum von dem Rum getrunken, aber er fühlte sich wie nach dem Genuss eines ganzen Fasses.

„Wie ist ihr Name, mein Lebensretter? Mein Vater ist ein reicher Kaufmann mit vielen Schiffen, er wird sich erkenntlich zeigen", säuselte sie jetzt und warf ihren blondgelockten Kopf kokett in den Nacken. Ihre vollen roten Lippen waren sinnlich geöffnet, aus ihrem zerfetzten Kleid blitzte das schwarzweiße Mieder und sehr viel von ihrer zarten nackten Haut hervor.

Er setzte zweimal an, bevor er ihr antworten konnte. „Mein Name ist einfach nur Jan", krächzte er endlich und musste husten.

„Jan? Das ist aber ein schöner Name. Wenn Sie ein Gentleman sind, was Sie ja eigentlich schon bewiesen haben, könnten Sie mich bis ans andere Ende der Insel begleiten, damit ich dort auf die Leute meines Vaters treffen kann." Wieder dieser flehende süße Blick, dem selbst Satan nicht widerstanden hätte.

Er willigte ein, ohne dass sein Verstand die geringste Chance gehabt hätte.

Es war ein gefährliches Unterfangen, sich als Piratenkapitän in die Nähe der Festung zu begeben, aber er hatte keine Wahl. Wenn seine Männer diese Frau erwischten, war es um ihre körperliche Unversehrtheit geschehen. Sie waren betrunkene raue Kerle und kannten keinerlei Pardon Frauen gegenüber. Die waren Beute wie alles andere und wurden unter ihnen verteilt. Meistens überlebten die zarten Wesen das nicht lange.

Nein, Jan hatte selten bei derartigen Vergnügungen mitgewirkt. Er hielt sich dann lieber an den Rum. Die knisternden Röcke und das Jammern der Frauen, schreckten ihn ab. Er hatte in den Häfen ein paar nette einfache Mädchen, die es ihm recht machten, und das musste genügen.

Forsch schob er ein Ruderboot ins Wasser, denn den Landweg hätten die zarten Füße der Lady nicht bewältigen können. Wieder klammerte sie sich an ihn, damit er sie sicher und trocken ins Boot trüge.

Jan warf einen Blick auf ihre sanften Rundungen, die aus dem Mieder hervorquollen. Ihre weiche duftende Haut streifte seine Wange. Ohne es kontrollieren zu können, stöhnte er leise auf. Dann ließ er sie etwas unsanft in das Boot fallen.

„Au, jetzt habe ich mir den Fuß verstaucht", jammerte sie. „Tschuldigung!", war alles was er murmelnd hervorbrachte, dann legte er sich wortlos in die Riemen, dass ihm der Schweiß nur so über den Rücken rann.

Das engelsgleiche Wesen schaute ihm mit einem undurchdringlichen Blick dabei zu, zupfte hier und da das zerrissene Gewand zurecht und spielte mit ihrem blonden Haar im Mondlicht.

Jan litt Qualen.

Sein Unterleib war wie von flüssigem Feuer durchflutet. Er presste die Oberschenkel zusammen und versuchte noch schneller zu rudern. Die Schmerzen in seinen Armen lenkten ihn ein wenig von dem seltsamen Zustand ab, in den die Anwesenheit dieser Frau ihn versetzte. Noch immer schlug sein Herz nicht an der gewohnten Stelle, sondern mehr im Magen. Ihm war übel und schwindlig.

„Oh, Jan, Sie sind sehr stark und mutig", flüsterte sie jetzt. Säße sie doch nur still und hielte den Mund, wünschte er sich. Aber sie heizte sein Blut weiter an mit ihren koketten Bewegungen, bei denen die zarten Brüste beinahe aus dem Mieder zu purzeln drohten. Hatte dort nicht gerade eine harte rosa Knospe hervor gelugt?

Jans bestes Stück begann vor Begierde zu pochen und drängte sich ohne Unterlass nach vorn. Seine Hose war völlig ausgebeult. Ihr Blick schien seine gesamte Körperlichkeit gierig in sich aufzusaugen. Die glänzend feuchte Zunge fuhr wie zufällig über ihre Unterlippe.

Wieder musste Jan stöhnen. Es war die reinste Folter und das in seinem Alter. Ob sein Herz das alles wohl unbeschadet überstand?

„Schauen Sie, dort drüben sieht man schon die Feuer! Wir müssen die Festung bald erreichen." Sie erhob sich, das Boot schwankte und sie stürzte, ehe Jan reagieren konnte, ins kalte Wasser.

Ohne zu überlegen sprang er sofort hinterher. Gut, dass ihre üppigen Röcke sich im Wasser aufbauschten, so konnte er sie sofort erkennen und festhalten, bevor sie auf nimmer Wiedersehen in den Fluten versank. Das kühle Nass tat seinem gebeutelten Körper gut. Er hatte die zappelnde Lady gut im Griff und schwamm nun dem nahen Ufer zu, denn das Boot war abgedriftet und schon nicht mehr zu erreichen.

Die letzten Meter, bis er den rettenden Strand unter seinen Füßen spürte, wurden ihm schwer. Als sie beide das Land erreichten, lagen sie ziemlich kraftlos nebeneinander im feuchten Sand und rangen nach Luft.

Der Mond hatte sich hinter einer Wolke versteckt, und es war jetzt fast schwarze Nacht. Fröstelnd klammerte sich die Lady an den starken Piraten. Immer näher kam ihr zarter Leib dem seinen. Er war geschwächt und konnte sich kaum rühren, aber seine Hormone begannen sofort zu zirkulieren. Wieder beulte sich seine jetzt nasse Hose, und er bekam Gänsehaut am ganzen Körper.

Er wusste aus Erfahrung, wenn sie beide jetzt nicht schleunigst aus den nassen Klamotten kamen, würden sie sich den Tod holen. Also begann er erst sich und dann die Lady zügig zu entkleiden. Sie schien so schwach, dass sie keinerlei Protest erhob. Aber sobald sie nackt waren, schmiegte sie sich plötzlich so intensiv an ihn, dass ihm die Luft wegblieb. Er war kaum fähig seine Bewegungen zu steuern. Sie übernahm gekonnt das Ruder!

Als der Morgen anbrach, lagen sie beide - im Schutze eines großen aufgebockten Bootes - eng ineinander verschlungen im Sand, und ihre geöffnet saugenden Münder waren in einem endlosen leidenschaftlichen Kuss aufeinander gepresst. Sein gestählter Körper umfing ihre Sanftheit, und sie ließ seine zärtliche Umklammerung bereitwillig geschehen. Mehrmals hatten sie sich in dieser Nacht bis zur Ekstase geliebt und keiner von beiden fror, obwohl die wärmende Sonne den Horizont noch nicht erklommen hatte.

„Oh, Liebster!", flüsterte sie zärtlich in sein Ohr, sobald sie ihre sinnlichen Lippen befreit hatte. Er stammelte nur, brachte keinen vernünftigen Satz zuwege. Wieder lachte sie kokett und küsste ihn zärtlich auf beide Augenlider und dann auf seine charakteristisch gebogene Piratennase.

„Du wirst heute bei meinem Vater um meine Hand anhalten müssen, ob Du nun willst oder nicht!", lachte sie fröhlich heraus.

Er sah sie nur an. Ihre Nacktheit, leicht mit Sand gepudert, machte ihn immer noch gierig auf mehr. Sie war nicht nur schön, sondern auch klug und vergleichsweise mutig - für eine Frau. Er begehrte sie mehr als alles Gold der Welt und alle Schätze der Ozeane.

War sie seine neue Gegenwart und seine Zukunft? Er ertappte sich bei dem Gedanken, das Piratenleben hinter sich zu lassen und mit ihr etwas ganz Neues, nicht weniger Aufregendes, anzufangen.

Als die Sonne den Zenit erklomm, waren sich die Lady und der Pirat einig geworden, miteinander fortzugehen und auf einer traumhaften Insel ein gemeinsames Abenteuer zu beginnen. Alles andere erschien ihnen nicht mehr lebenswert, also machte es auch keinen Sinn.

Und so legte sich der Pirat wieder in die Riemen, um das Traumziel mit seiner Piratenbraut zu erreichen.

Und wenn sie nicht gestorben sind, dann lieben sie sich noch heute wie am ersten Tag.

Der Drache

Es war einmal ein weiser alter König, der ein großes Reich mit Weitsicht und Gerechtigkeit regierte. Sein Volk lebte seit Jahrzehnten in Wohlstand
und Frieden.

Da die vier Söhne des Königs zu kräftigen Män-
nern herangewachsen waren, dachte der weise
Herrscher daran, bald einem der Prinzen den
Königsthron zu vererben. Er liebte jedoch alle
seine Söhne gleichermaßen, und so fiel ihm die
Entscheidung besonders schwer. Jeder der vier
Prinzen besaß hervorragende Begabungen, und
natürlich hatte auch jeder seine Fehler. Wer soll-
te das besser beurteilen können als der weise
Vater.

Nachdem er sich Nächte lang den Kopf zermar-
tert und sein Herz ausgiebig befragt hatte, beriet
er sich mit seinen Ministern. Aber auch diese
kannten keine befriedigende Lösung. Sie rieten
ihm dazu, entweder dem Erstgeborenen den
Thron zu vermachen, so wie das schon in der
Bibel üblich war, oder das mächtige Reich in vier

gleiche Teile zu spalten, um jedem der Söhne gerecht zu werden.

Tief in Gedanken versunken spazierte der König durch den Schlosspark und traf dort auf seine Gemahlin, die Königin des Reiches. Da sie ihm an Weisheit um nichts nachstand, sah sie gleich, dass es ihm nicht gut ging. Und als er ihr von seinem Problem berichtete, fragte sie ihn: „Welche hältst du für die drei wichtigsten Eigenschaften, die dein Nachfolger auf dem Königsthron benötigt, um unserem Land weiterhin Frieden und Wohlstand zu bescheren?"

Der König sah sie erstaunt an und antwortete nach einer Gedankenpause: „Die erste Eigenschaft ist die Intelligenz, damit sich kein falscher Ratgeber einschleichen und dem Reich schaden kann. An die zweite Stelle möchte ich die Gottesfurcht setzen. Dadurch ist mein Nachfolger vor Hochmut geschützt und wird ein gerechter König sein. Das Dritte ist der Mut. Der Herrscher eines großen Reiches hat viele schwierige Entscheidungen zu treffen und besitzt mächtige Feinde. Da wäre Angst ein schlechter Begleiter. Ja, mein Sohn sollte mutig sein und meinem Volk den Frieden erhalten."

Die Königin lächelte. „Du hast mit deiner Antwort das Problem bereits gelöst", sagte sie und gab ihm einen Kuss.

Da lachte auch der König erleichtert.

„Ja, ich weiß jetzt, was zu tun ist! Ich werde sogleich veranlassen, dass eine entsprechende Mutprobe für unsere Söhne vorbereitet wird."

Am nächsten Tag schon rief der König die vier Prinzen zu sich und erklärte die Aufgabe:

„In einem großen Wald an der nördlichsten Grenze unseres Reiches treibt neuerdings ein grausamer Drache sein Unwesen. Er verschlingt alles, was er zu fassen bekommt und brandschatzt das Land. Die Bauern leben seit Wochen in großer Furcht und haben gebeten, dass wir ihnen zu Hilfe kommen.

Wer von euch Ruhe und Frieden in diesem Gebiet wieder herstellt, erhält von mir zum Dank die Königskrone und wird der neue Herrscher unseres Reiches. Unsere Armee steht euch hilfreich zur Seite, wenn Ihr sie benötigt. Und Ihr habt Zugriff auf all meine Waffen. Der älteste von euch bekommt die erste Chance. Sollte er keinen Erfolg haben, geht es nach dem Alter weiter, bis der Jüngste an die Reihe kommt."

Die vier jungen Prinzen warfen sich stolz in die Brust, ihre Augen glänzten kampfeslustig, und sie ergriffen fest ihre Schwerter, um sie zum Treueschwur vor dem Vater zu erheben.

Der älteste Prinz machte sich auch sofort daran, die Männer für seinen Feldzug gegen den grausamen Drachen auszuwählen. Es waren nur die mutigsten und stärksten. Dazu wählte er die modernsten Waffen aus, die das Königreich zu bieten hatte. Als er nach einer Woche loszog, jubelte das Volk ihm und seinem Heer begeistert zu, so prächtig und furchterregend sahen sie aus.

Doch der Weg nach Norden war weit. Der Königssohn hatte viel Zeit zum Nachdenken. Von Tag zu Tag erschien ihm die bevorstehende Aufgabe schwieriger, und bald war er sich völlig sicher, dass er absolut nicht zum Drachentöter tauge.

Er fühlte sich schlapp und hatte keinen Appetit. Auch seine Kämpfer bemerkten das. So lag die Moral der Truppe völlig am Boden, als sie nach über einem Monat endlich den Drachenwald erreichte. Teile des Waldes waren niedergebrannt, und das nahe liegende Dorf wirkte ziemlich verlassen. Einige übrig gebliebenen Bauern kamen dem Heer weinend und schreiend entgegen. Sie berichteten von den schrecklichen Gräueltaten des feuerspeienden Drachens.

Der Prinz schlug mit seinen Mannen unweit des Dorfes ein Lager auf. Und als die Dunkelheit sich über das Land legte, beobachteten sie am Horizont einen blutroten Feuerschein, und sie hörten schreckliche Geräusche, die ihnen das Blut in den Adern gefrieren ließen. Keiner der Männer fand in dieser Nacht einen ruhigen Schlaf. Sobald sich ihre Lider auf die müden Augen senkten, tobten schreckliche Kampfszenen durch ihre Köpfe, und sie erwachten in Angstschweiß gebadet.

Als der Morgen anbrach, und der bleiche übernächtigte Königssohn seine Truppe zum Kampfe um sich versammeln wollte, musste er feststellen, dass fast alle das Weite gesucht hatten. Selbst der angeblich Mutigste unter den Kämpfern war aus Furcht vor dem Ungeheuer geflohen. Der Prinz war verzweifelt. Mit den wenigen Treuen hielt er noch eine weitere Nacht bei der verängstigten Dorfbevölkerung aus, dann entschloss er sich, unverrichteter Dinge zu seinem Vater zurück zu kehren.

„Ich habe mir gleich gedacht, dass diese Aufgabe unlösbar ist. Was soll ich mit einem Königreich, wenn ich mein Leben dafür aufs Spiel setzen muss? Mag sich doch einer meiner Brüder opfern."

Der zweitälteste Prinz, als er seinen großen Bruder glücklos und krank an Leib und Seele aus dem Feld heimkehren sah, bekam es gewaltig mit der Angst zu tun. Bei Nacht und Nebel schnürte er sein Bündel, schwang sich auf sein bestes Pferd und ritt ohne Lebewohl in die Welt hinaus.

„Ich kann überall bequemer leben als hier mit dieser Königsbürde", sagte er sich, pfiff ein Liedchen und wählte einen breiten angenehmen Weg in Richtung Süden.

So kam die Reihe schon sehr schnell an den dritten Sohn. Der befragte erst einmal die Sterndeuter und ließ sich ein Horoskop erstellen. Dann, als die Sterne gut standen, brach er auf. Er nahm statt eines Heeres nur einen einzigen starken, völlig furchtlosen Kämpfer mit, dem er bedingungslos vertraute. Und außerdem begleiteten ihn sieben Magier. Wiederum jubelte das Volk, als sich der seltsame Zug in Bewegung setzte, um den Drachen im Norden zur Strecke zu bringen.

Das Dorf am Rande des großen Waldes war inzwischen bis auf drei alte Männer völlig verwaist. Sie empfingen den Prinzen mit seinem schillernden Gefolge am Lagerfeuer und erzählten sogleich ihre schaurigen Geschichten. Den Zuhörern standen sämtliche Haare zu Berge, und kalte Schauer liefen ihnen über den Rücken. Der Prinz mochte danach nicht allein in seinem Zelt schlafen, sondern bat den Kampfgefährten, sein Lager zu teilen. Die Magier sollten während der Nacht die Geister beschwören, damit das Glück ihnen am folgenden Tage treu wäre.

Bei Tagesanbruch zeichneten die Zauberer ein riesiges Pentagramm in den verbrannten Waldboden und begannen mit allerlei seltsamen Zeremonien. Dann zogen der Prinz und sein treuer Freund in den Wald, um den grausamen Drachen zu töten.

Die Bäume standen bald dicht an dicht, und es war finster, so dass die beiden Männer große Mühe hatten sich einen Weg zu bahnen. Der Prinz hielt sich stets vorsichtig hinter seinem Begleiter, dort fühlte er sich einigermaßen sicher.

Plötzlich brach ein mächtiger Keiler durch das Gehölz. Er rannte, ehe die Kämpfer noch reagieren konnten, mit solcher Wucht auf den ersten zu, dass dieser durch die Luft und gegen einen dicken Baumstamm geschleudert wurde. Das Tier schäumte vor Wut. Es stieß seine furchterregenden riesigen Hauer noch mehrfach in die Seite des leblos am Boden liegenden Körpers und machte sich dann, ebenso unerwartet wie es aufgetaucht war, wieder davon.

Der Königssohn zitterte am ganzen Körper. Er war unfähig sich zu bewegen. Sein treuer Gefährte und furchtloser Freund lebte nicht mehr. Und als ihm dies richtig bewusst wurde, rannte der Prinz kopflos davon. In seiner Angst fand er den Weg nicht aus dem Wald und irrte einige Tage umher, immer gewärtig, dass er dem schrecklichen Drachen plötzlich allein und völlig schutzlos gegenüber stehen könne. Als er endlich den Waldrand erreichte, brach er bewusstlos zusammen. So fanden ihn seine Magier und brachten ihn, da er nur wirres Zeug redete, schnellstens zurück zu seinem Vater.

Der jüngste Prinz war eigentlich kein Held des Kampfes. Sein Herz schlug für Gottes wunderschöne Natur. So ging er lieber tagelang auf die Jagd, als gegen den Feind zu ziehen. Aber er hatte von den Erfahrungen seiner Brüder gelernt und die Zeit im Sinne der wichtigen Aufgabe, die ihn erwartete, genutzt.

In seinen Träumen bekämpfte er den gefährlichen Drachen viele Male, um ihn zum Schluss mit einer List zu erlegen. Er beschloss, sich lieber auf sich selbst zu verlassen, als auf irgendwelche zweifelhaften Freunde und Begleiter. So nahm er Pfeile und Bogen, gürtete sein Schwert, wählte ein gutes Pferd, erflehte Gottes Segen für seinen gerechten Kampf und verabschiedete sich von den Eltern. Dann verließ er sehr unauffällig, ohne den Jubel des Volkes, das Schloss. Voller Vertrauen in sich selbst und in die Weisheit seines Vaters, der seine geliebten Söhne sicher nicht blindlings ins Verderben schickte, ritt er schnurstracks in Richtung Norden.

Er erreichte das Dorf viel früher, als man dort mit seinem Eintreffen gerechnet hatte. Niemand erwartete ihn. Der junge Prinz ritt deshalb weiter bis zum Waldrand. Dort traf er ein altes Weib, das mit einem Stock in der verbrannten Erde nach Wurzeln grub.

„Grüß Gott, Mütterchen. Das war aber ein böses Feuerchen, was hier im Wald gewütet hat. Das Dorf dort ist ja auch wie ausgestorben. Sagt an, was geht hier vor?", fragte er freundlich.

Die Alte richtete sich mühsam auf und hielt sich den schmerzenden Rücken. Sie betrachtete den arglosen Jüngling ausgiebig und antwortete dann wortkarg: „Ach, hier gibt's nichts weiter zu sehn.

Zieht eures Weges, wenn euch euer Leben lieb ist!"

Aber der Königssohn ließ sich nicht so leicht abweisen.

„Ich habe Zeit und gerade nichts anderes zu tun, da käme mir ein kleines Abenteuer ganz recht. Wie wär's, wenn Ihr mir bei einer guten Mahlzeit die ganze Geschichte erzähltet?"

Gierig betrachtete die runzlige Alte den duftenden Schinken und das gute weiße Brot, das der Jüngling aus dem Lederbeutel zog. Und schon bald löste sich ihre Zunge.

„In diesem Wald hausen seit Wochen drei kräftige wilde Keiler. Oft treiben sie auch auf den umliegenden Feldern ihr Unwesen. Die Männer versuchten sie mit Feuer zu vertreiben, aber das hat nicht lange gewirkt. So wandten wir uns um Hilfe an den König, damit er seine Jäger schicke, um die Tiere zu erlegen.

Nun hatte der König — Gott schütze ihn — die Idee, seine Söhne hier einer Mutprobe zu unterziehen. Denn er will sich unter ihnen einen würdigen Nachfolger erwählen. Wir mussten deshalb unsere Hütten verlassen und den ankommenden Prinzen von einem furchtbaren Drachen berichten, der uns angeblich in Angst und Schrecken versetzt. Unsere besten Geschichtenerzähler wurden dafür ausgesucht. Und sie machen ihre Sache so gut, dass bisher kein Prinz die Aufgabe lösen konnte. Jetzt erwarten wir nur noch den jüngsten. Hoffentlich wird er die Keiler erlegen, damit wir endlich die Ernte einbringen können."

Aufmerksam hörte der Prinz sich die Worte des alten Weibes an. Dann verabschiedete er sich und suchte nach den Spuren der Keiler. Ihnen folgte er in den Wald hinein. Und da er die Gewohnheiten der wilden Tiere gut kannte, streckte er sie nacheinander mit Pfeil und Bogen nieder. Die Hauer nahm er zum Beweis mit sich.

Als er gegen Abend in das Dorf kam, saßen dort die drei Geschichtenerzähler wartend am Feuer.

„Wenn Ihr auf den jüngsten Königssohn wartet, so wartet Ihr vergeblich. Ich traf ihn im Wald. Er brachte die Keiler zur Strecke und befindet sich bereits auf dem Weg zurück zum Schloss. Ihr könnt eure Hütten getrost wieder beziehen und in Frieden die Ernte einbringen", rief er ihnen im Vorbeireiten zu.

Der jüngste Sohn erreichte das Schloss ohne großes Aufsehen. Seine Eltern staunten sehr, als er plötzlich vor ihnen stand und die Hauer der gefährlichen Keiler päsentierte. Dann berichtete er ihnen ausführlich von seinem Abenteuer.

Das Königspaar richtete eine große fröhliche Feier aus, auf der der würdige Nachfolger des alten weisen Königs seinem jubelnden Volk präsentiert wurde.

Unter dem jungen König erlebten die Menschen weiterhin eine lange friedliche Zeit, denn er regierte sein Land mit großem Scharfsinn, Mut und Gottvertrauen.

Der Name

Ein ungewöhnliches Gedränge herrschte an jenem Montagmorgen auf den Fluren des Amtes. Bis hinaus in den sonnigen Frühlingsgarten ergoss sich das farbenfrohe Gemisch von Menschen jeglichen Alters und beiderlei Geschlechts in einer schier unendlichen Vielfalt.

Ein kräftiger sommersprossiger Lausbub stützte seine gebeugte Großmutter, eine runzlige kleine Frau, der die dunklen Kleider am Leibe schlotterten. Sie drohte im nächsten Moment über ihren Stock zu stolpern.

Die steinernen Stufen dienten einem schwarz berockten Familienvater mit seiner neunköpfigen Sippe als willkommene Sitzgelegenheit für eine bescheidene Brotzeit. Seine Kinder waren alle sauber gewaschen und ordentlich gekleidet. So wie es sich gehörte, wenn man zum Amt bestellt wurde. Die Frau trug eine bestickte Haube und sah müde aus.

Eine Gruppe Halbwüchsiger jagte sich neckend um die ehrwürdige Eiche, die schon viele Amtsinhaber hatte kommen und gehen sehen. Bereitwillig spendete sie allen Schatten und schüttelte im Herbst ihr buntes Laub ohne Unterschied auf jeden aus, der vorbei schritt.

Zwischen vier Männern mit schwarzen Hüten hatte sich eine rege Diskussion entwickelt. Sie fachsimpelten über Gott und die Welt und bissen sich schließlich bei Jérôme Napoléon fest, dem sie das ungewöhnliche Erscheinen vor dem Amte letztendlich verdankten.

Doch nur unverständliche Fetzen ihres Wortgefechtes wehten durch den Garten, denn in unmittelbarer Nachbarschaft hatten sich mehrere kreischende Weiber zusammengerottet. Sie wühlten lautstark in dem bunten Sortiment eines Bauchladenverkäufers, der den lästigen Amtsbesuch ganz offensichtlich mit einem guten Geschäft verbinden wollte.

Auf dem Gang vor der Amtsstube, in welcher das neue Zivilstandsregister geführt wurde, ging es etwas gesitteter zu. Hier hockten und standen die Menschen dicht gedrängt. Ein Gemisch von Unterwürfigkeit und Furcht schwebte über den gesenkten Köpfen. In der stickigen Atmosphäre schien der Angstschweiß alle anderen Gerüche zu überdecken. Es wurde wenig und sehr leise gesprochen. Hin und wieder grüßten sich Verwandte und Freunde mit einem Kopfnicken oder Winken der erhobenen Hände. Niemand wagte zu lachen. Selbst die Kinder blieben angstvoll still. Nur ein Säugling ließ für kurze Zeit sein gesundes Gebrüll ertönen. Doch die Mutter brachte ihn sofort mit ihrer warmen Brust zur Ruhe.

Auch Esther und ihr Vater Jakob warteten. Sie waren früh aufgestanden, als die Morgendämmerung das Land in jenes seltsam milchige Licht tauchte, das keiner Farbe eine Chance gab, und sie hatten schon einen weiten Weg mit dem Pferdefuhrwerk in die große Stadt hinter sich.

Der Vater war seit dem Winter ständig kränker und schwächer geworden. Esther hatte Sorge, dass er das Jahr nicht überleben könnte. Er hustete wieder. Manchmal spuckte er blutigen Schleim. Die abgestandene Luft war Gift für ihn. Die Tochter öffnete ihm den steifen Hemdkragen und streichelte zärtlich seine eingefallenen Wangen. Seine Augen lächelten ihr zu. Sie sagten: „Sorge dich nicht mein Kind. Alles wird gut!"

Aber Esther war den Kinderschuhen längst entwachsen. Sie wusste inzwischen, dass auch der gütige Vater diese Welt mit all ihren Schrecken nicht verbessern konnte. Er war ihr immer ein liebevoller Ratgeber gewesen. Von ihm hatte sie lesen und schreiben gelernt und natürlich das Beten. Sie betete gern und oft. Was blieb einem sensiblen Menschen in solch grausamen Zeiten anderes übrig als zu beten?

Die Mutter starb sehr jung im zweiten Kindbett. Und so hatte Esther bereits als Fünfjährige ihr neugeborenes Schwesterchen versorgen müssen. Seit auch das Lebenslicht der kleinen Rachel in dem längsten und kältesten Winter ihrer Kindheit plötzlich ausgelöscht wurde, wohnten und arbeiteten der Vater und sie bei der großen Familie eines weitläufig verwandten Schächters.

Jemand puffte Esther schmerzhaft in die Seite. Ihre Kusine Myriam hatte sich den Weg durch die Menge gebahnt, um sie zu begrüßen. Sie war von üppiger Gestalt und blond gelockt. Ihre laute Natur wurde jedoch von der gedrückten Stimmung gedämpft, was Esther als sehr angenehm empfand. Sie umarmte die mächtige Kusine artig und ließ sich widerstrebend auf beide Wangen küssen.

„Hast du gesehn, Moische und Jonas sind auch hier! Sie sitzen draußen unter den Bäumen nahe beim Fluss. Kommst du mit, Estherchen?" Myriam wollte sie schon mit sich fort ziehen, aber

Esther winkte ernst ab und deutete nur besorgt auf ihren Vater. Da zuckte die Üppige enttäuscht die Schultern und wogte davon.

Esther schmiegte sich wie ein kleines Mädchen an Jakob und schloss die Augen. Ihre Gedanken kreisten um Moische. Eigentlich hieß er Moses, aber alle nannten ihn Moische.

Moische hatte weiche braune Locken und fast schwarze Augen. Er war sehr groß und schlank und seine makellose Haut besaß eine vornehme Blässe. Er arbeitete nie auf dem Feld. Seinem Vater gehörte der Kolonialwarenladen in ihrem Vorort. Dort bediente er schon seit er sieben Jahre alt war.

Esther kaufte gern dort ein. Sie übernahm alle Besorgungen für die Familie bereitwillig und erledigte sie prompt. Moische hatte schmale Hände mit kurzen sauberen Fingernägeln und eine samtweiche dunkle Stimme. Früher erklang sein Lachen und Singen viel heller. Beim ausgelassenen Schreien und Lärmen während der fröhlichen Purimfeiern in der Kinderzeit war er einer der Lautesten gewesen. Sie hörte diese Stimme unter hunderten heraus. Am Schabbat in der Synagoge lauschte sie nur auf ihn.

Es interessierte sie nicht, was im Frauentrakt geschwatzt wurde. Sie suchte sich immer einen Platz gleich am Geländer der Empore, damit sie den Gottesdienst genau verfolgen konnte. Moische saß gewöhnlich in der Nähe ihres Vaters. Sie konnte beide mit einem Blick umfangen. Ihre Oberkörper schwangen in leichten Pendelbewegungen und drückten die absolute Konzentration und Hingabe während des Gebetes aus. Die betenden Männer wirkten so edel und vornehm — eingehüllt in die gefransten Talitot[1] und mit ihren samtigen Kippot[2]. Hätte sich ein König in die Synagoge verirrt, Esther würde ihn nicht wahrgenommen haben.

Eine Tür öffnete sich. Bewegung kam in die Menge. Die Prozedur nahm ihren Lauf. Eine leichte Unruhe zeigte die Aufregung der Wartenden an. Schnell waren die ersten Familien abgefertigt. Sie hielten ihr amtliches Papier in Händen und verließen sehr zügig das unliebsame Gebäude.

Esther hörte wie einer der Wartenden rief: „He, Zwi, wie hejßt' denn nu?"

Der Angesprochene raunte verlegen lächelnd: „Hängebacke." Dann zog er den Kopf zwischen

---

[1] Gebetsschals
[2] Käppchen

seine Schultern und eilte mit wehendem Mantel davon.

Einige der Wartenden schüttelten entrüstet ihre Köpfe.

„Haschem[3]!", stöhnte jemand.

Neben Esther und ihrem Vater diskutierten zwei vornehm gekleidete Herren die üblichen Gepflogenheiten im Umgang mit den Amtspersonen.

„Es ist alles eine Frage des Auftretens. Meistens schlägt sich der äußere Eindruck, den der Amtmann von der Person hat, auf den Namen nieder. Also, freundlich und nicht zu unterwürfig eintreten, mein Lieber!"

„Ach, was Ihr nicht sagt", erwiderte der andere Herr und zog verstohlen einen kleinen Lederbeutel aus seinem tadellosen Rock von teurem Tuch. „Hier spielt die Musik, die diese Leute verstehen!" Und er schüttelte den Beutel leicht hin und her, so dass es darin eindeutig klirrte.

„Ich find es mecht g'nügen, dem Vornam' den jewejligen Vaternam' bejzufüg'n. Da künnt kejner mehr was verwechsl'n. Wozu dem Theater mit

---

[3] Hebräisch, wörtlich „Der Name", Ausdruck für „Oh, Gott!"

de erfund'n Nam'?", mischte sich ein weiterer Mann in die Unterhaltung.

„Es ist nun mal beschlossene Sache, dass wir Juden feste Familiennamen erhalten sollen, die auch vererbt werden. Soviel ich gehört habe, vergibt man meistens die Namen von Blumen oder Farben."

„Zacharias Rosenblatt, wär' doch ejn trefflicher Name für unserejns", kicherte ein knochiger Greis albern in sich hinein.

„Wenn Ihr nur nicht als ‚Zacharias Schlotterhose' wieder herauskommt. Ich habe schon die verrücktesten Namen gehört. Da hat einer Glück, der durch sein Geschäft schon einen bekannten Namen hat, wie unser Löw Goldschmidt. Glaubt mir, ohne Bezahlung habt Ihr keine Aussicht auf einen hübschen Blumennamen", warnte der Reiche.

„Denkt nur, mejnen Vetter in Frankfurt hat es bös erwischt. Der hejßt nun Stinkköter. Aber er war noch ganz zufrieden damit, denn was sejn Nachbar ist, der bekam den Namen Schwejßhaufen und musste für das W sogar rejchlich zahlen", flüsterte ein beleibter dick bebrillter Kurzatmiger hinter vorgehaltener Hand.

143

Die Warteschlange vor Esther und Jakob hatte sich in kürzester Zeit aufgelöst. Sie waren die Nächsten. Esther strich glättend über den Scheitel ihres geflochtenen Haares. Sie war von auffallender Anmut und Grazie. Obwohl seit langem an körperliche Arbeit gewöhnt, erinnerte sie an eine filigrane Tänzerin auf einer Spieluhr. Ihr schmales Gesicht hatte edle Züge. Die strahlend blauen Augen waren von dunklen Wimpern seidig eingefasst und der weiche rote Mund verschloss nun traurig die blitzenden Zahnperlenreihen. In ihrem dunkelgrünen Samtkleid hätte sie auch ein Edelfräulein sein können. Nur war ihr Blick dafür zu bescheiden.

Als sich die Tür erneut öffnete, ergriff der Vater ihre Hand und trat sicheren Schrittes ein. Die Krankheit schien für diesen Augenblick von ihm gewichen. Er war groß und überlegen wie Esther ihn aus ihren Kindertagen kannte.

„Name, Wohnung, Geburt!", herrschte der vierschrötige Amtmann sie an. Er trug ein gerötetes Gesicht unter einem schütteren Haarkranz. Seine stark verschmutzten Ärmelschoner hatten ihre ursprüngliche Farbe schon lange eingebüßt, und an seinem Rock fehlte ein Knopf. Er schwitzte.

„Jakob, Sohn des Aaron, Wittwer, wohnhaft in Lierenfeld, geboren im Märzen Anno 1748", verkündete Esthers Vater mit klarer fester Stimme.

Der Amtmann hob den Blick und musterte die beiden Personen eingehend. Esther versank in einem unterwürfigen Knicks. Seine wässrigen Augen tasteten sie ab. Dann wanderten sie zurück zum Schreibpult und den Papieren.

„Führt Er bereits einen Namen wegen Seines Berufes oder Geschäftes?"

„Nein", antwortete Jakob wahrheitsgemäß.

Auch Esthers Daten und die der verstorbenen Mutter wurden penibel aufgelistet.

„Und eine neue Frau hat Er in all den Jahren nicht genommen?", kam die abschätzige Frage, die mit stummem Schulterzucken beantwortet wurde.

Danach, folgte ohne lange Bedenkzeit der entscheidende Satz: „Ihr heißt ab jetzt Esther und Jakob Hagestolz!"

Esther starrte den Vertreter der Administratur entsetzt an, als er sich anschickte den hässlichen Namen in sauberer Schrift in die Akte einzutragen. Sie tastete nach der Hand ihres Vaters, die ihr während der Befragung entglitten war, und ihr liefen Tränen die Wangen hinunter. Wahre Sturzbäche brachen aus ihr heraus.

Der Amtmann hörte ihr Schluchzen und löste sich für einen Moment von den Papieren. Er zupfte nervös an seinen Hemdsärmeln und kratzte sich hektisch an der Glatze. Umständlich zog er ein verknittertes schmuddeliges Tuch aus dem Ärmelschoner hervor, wischte sich die Schweißperlen von der Stirn und schnäuzte sich anschließend lautstark.

„Na, na, Jungfer, nun höre Sie auf mit dem Geplärr. Man hat alle Hände voll zu tun! Und Sie heiratet doch sicher sowieso bald."

Als Esther sich dennoch nicht beruhigte, strich er kurzerhand in dem Papier herum und reichte es ungeduldig herüber.

„Nun verschwindet aber zügig. Die andern brauchen auch noch einen Namen", sagte er barsch und wies sie aus dem Zimmer.

Auf dem Flur empfing Myriam sie neugierig.

„Esther, Väterchen, wie hat man Euch genannt?" Sie tupfte der Kusine voller Mitgefühl mit ihrer sauberen Schürze die Tränen aus dem Gesicht.

„So schlimm wird's doch wohl nicht zugegangen sein?", drängelte sie und griff nach dem amtlichen Dokument. Jakob ließ sie wortlos gewähren. Sie las still und schüttelte dann verständnislos das lockige Haupt.

„Stolz ist doch ein ganz anständiger Name — jedenfalls kein Grund zum Heulen!", sagte sie lachend und zog die widerstrebende Esther hinter sich her zu den jungen Leuten am Ufer des Rheins.

Schwein gehabt

Ein wirklich schreckliches Erlebnis, das ich während meines Pflichtjahres auf einem Bauernhof mit einem Ferkel hatte, verfolgte mich noch Jahrzehnte in Albträumen.

Eines Tages warf eine Sau lauter Junge mit einer Knochenkrankheit. Sie hatten krumme Beinchen und konnten deshalb nicht richtig laufen.

Der Bauer sagte nur: „Die müssen alle weg!"

Einige holte dann der Steuerberater ab. Ein sehr unsympathischer Mensch, der eine hervorragende Charakterrolle für den beleibten Schauspieler Oskar Simar abgegeben hätte.

Immer wenn es Pfannkuchen zum Abendbrot gab, tauchte der Fettwanst garantiert auf und fraß sich voll, bis er beinahe platzte. Die letzten Bissen quälte er sich förmlich in sein verschmiertes Gesicht. Ich konnte diesen trägen gefräßigen Kerl nicht leiden.

Als nur noch ein Ferkel übrig war, sagte der Chef zu mir: „Wenn du das Tier selbst schlachtest, schenke ich es dir für deine Familie."

Da ich nicht wollte, dass der gierige Steuerberater es auch noch wegschleppte, und meine Eltern in diesen Tagen selten Fleisch im Topf hatten, nahm ich dankbar an.

Bei meinem Onkel Wilhelm, der Metzger war, hatte ich schon zugeschaut, wie ein Schwein geschlachtet wurde. Da das Tier sehr klein war, bildete ich mir in meiner jugendlichen Naivität ein, dass ich es irgendwie schaffen könnte.

Ich wollte die Angelegenheit in der Mittagspause hinter mich bringen. Dann schliefen alle auf dem Hof. Denn ich hätte es nicht ertragen, dass mich jemand bei dieser Aktion beobachtete.

Nebenbei war die ganze Sache auch noch illegal, weil Hausschlachtungen zu dieser Zeit immer angemeldet werden mussten, auch wenn es sich nur um ein Läuferschweinchen handelte.

Als das Haus endlich still war, fühlte ich mich mutig genug. Bewaffnet mit einem schweren Hammer und einem scharfen Messer ging ich in den Stall. Dort nahm ich das Ferkel zwischen meine Füße und holte mit dem Hammer aus, um es mit einem schweren Schlag auf den Kopf zu betäuben.

In diesem Augenblick tauchte der Sohn des Bauern plötzlich laut schreiend hinter einem Verschlag hervor. Ich erschrak und traf das Ferkel nicht präzise genug. Es begann jämmerlich zu quieken. Panik erfasste mich, während der Bauernsohn schadenfroh lachte und feixte.

Die Stelle, an der man normalerweise das Schlachttier absticht, kannte ich nicht genau, weshalb ich in blinder Verzweiflung dem Ferkel erst die Kehle durchschnitt und dann sofort den ganzen Kopf abtrennte.

Danach stand ich zitternd in einer Blutlache vor der traurigen Bescherung. Die halbgeöffneten Schweinsaugen starrten mich aus dem abgetrennten Schädel anklagend an. In meinem Magen drehte sich alles herum, so dass ich glaubte, mich jeden Augenblick übergeben zu müssen. An meinen Händen klebte Blut.

Ich hatte diese Kreatur brutal ermordet.

Ich hatte meine Unschuld verloren!

Unter den hämischen Bemerkungen des Jungen, wickelte ich den Kopf des Ferkels in eine alte

Zeitung und vergrub ihn hinter dem Kohlenschuppen. Danach beruhigte ich mich etwas und zwang mich, den Rest des Tieres als Fleisch zu betrachten.

Tapfer machte ich mich an die blutige Routine, die ich von der Küchenarbeit kannte, aber nicht gerade liebte. Der kleine Körper musste mit heißem Wasser übergossen und die Borsten sachgerecht mit einem scharfen Messer entfernt werden, fast wie bei einer Rasur.

Nach dem vorsichtigen Ausnehmen der Innereien, denn die Galle durfte keinesfalls platzen, war die leidige Angelegenheit endlich überstanden. Das Fleisch wurde kühl gelagert und der Stall gesäubert.

Nun konnte ich mich darauf freuen, meinen Eltern das Geschenk persönlich vorbei zu bringen. Da die Bahnfahrt nach Düsseldorf nicht billig war, kam ich sonst nur selten nach Hause.

Meine Mutter war zuerst begeistert von dem schönen Braten, der ungeahnte Abwechslungsmöglichkeiten für die magere Nachkriegsküche in sich barg. Als ich ihr jedoch erzählte, dass ich den Kopf des Schweinchens aus Verzweiflung vergraben hatte, schimpfte sie mich schrecklich aus.

Dann jammerte sie tagelang der leckeren Schweinskopfsülze nach, die ihr durch meine Dummheit entgangen war.

Armer schwarzer Kater

Negus war ein hübscher kleiner Kater. Leider hatte seine Mutter scheinbar so gar keinen Blick dafür gehabt, oder sie war einfach mit den vielen Mehrlingsgeburten, die sie jedes halbe Jahr hinter sich bringen musste, überfordert.

Jedenfalls hatte Oma Grete den halb verhungerten Winzling jämmerlich schreiend neben dem Misthaufen gefunden. Opa Willi war eigentlich dagegen, dieses „verhutzelte Viech" auch noch mit durchzufüttern, denn es waren schwere Zeiten während des zweiten Weltkrieges.

Da das kleine schwarze Fellknäuel aber so weich und niedlich war, konnte sich Grete nicht dazu überwinden, es seinem tödlichen Schicksal zu überlassen.

So wurde das schwarze Katzenbaby von Oma mit himmelschreiender Geduld aufgepäppelt, bis sich ein sehr stattlicher Kater mit wundervoll glänzendem Fell daraus entwickelte.

„Den bekommst du nie mehr aus der Küche hinter dem Ofen weg, das sag ich dir", schimpfte der Opa, wenn er das Tier dort schlummernd und zufrieden schnurrend auf der Ofenbank entdeckte.

Oma Grete konnte nicht ausschließen, dass der verhärmte Mann dem Kater hinter ihrem Rücken so manchen derben Knuff versetzte, weil er ihm das faule unbeschwerte Leben neidete.

Als der strenge Winter vorbei war, trieb es den Kater aber ganz selbstverständlich hinaus, um seiner Bestimmung zu folgen. So jagte er die zahlreichen Mäuse und Ratten, rund um den kleinen Resthof der Großeltern, und schwängerte die beiden Katzen des Nachbarn.

Oma Grete war mit dem Tier vollkommen zufrieden. Es strich ihr liebevoll um die müden Beine, wenn sie es fütterte, und ließ sich nach des Tages Mühe gerne ausgiebig von ihr kraulen.

Sobald die Tage wieder kälter wurden, zog es den Kater jedoch erneut zum Haus und letztendlich in die Küche.

Opa Willi betrachtete diese Entwicklung zwar mit düsterem Blick, konnte sich aber in diesem Fall ausnahmsweise nicht gegen seine herzensgute Frau durchsetzen.

Negus lag, bis auf einige Pinkelpausen, den Winter über auf der Ofenbank. Dort konnte er stundenlang ohne jegliche Bewegung ruhen.

Eine Bekannte der Oma, die zu einer Teepause mit fröhlichem Weiberklatsch in die gemütliche Wohnküche gekommen war, erschrak furchtbar, als der Kater sich plötzlich streckte, da sie ihn tatsächlich für ausgestopft angesehen hatte.

Aber das regelmäßige Murren des Opas hörte erst nach dem folgenden Ereignis auf.

In einer frostigen Januarnacht lag der Kater wieder neben dem noch glimmenden Herdfeuer. Oma Grete hatte einige Wäscheteile in der Küche über dem Ofen zum Trocknen aufgehängt. Die Großeltern schliefen schon tief und fest unter ihren dicken Federbetten in der benachbarten Schlafkammer.

Da rutsche plötzlich eines der leichten Tücher, die zum Durchseihen und Saften dienten, von der Stange über dem Ofen und fiel genau auf die heiße Herdplatte. Langsam begann es zu verschmoren und verbreitete bald einen penetranten Gestank in der Küche.

Nicht lange und Flammen begannen an dem zarten Gewebe zu züngeln. Sie erreichten schnell ein weiteres Tuch, das ebenfalls dort zum Trocknen hing. Sehr schnell entwickelte sich ein kleines Flammeninferno.

Da erwachte Negus aus seinen Katzenträumen und sprang angstvoll von der Ofenbank. Er wollte nur noch aus der Küche fliehen und stieß ein lautes ängstliches Miauen aus. Panisch rannte er zur Tür der Schlafkammer, die nur angelehnt war, drängte seinen Körper durch die schwere Holztür und sprang mit einem gewaltigen Satz und furchterregend gesträubtem Fell direkt auf Oma Gretes Brust.

Diese erwachte mit einem lauten Schrei. Der Opa fuhr im Bett hoch und wollte schon das Jagdgewehr ergreifen, welches immer neben ihm an der Wand stand. Da rochen sie beide den Brandgeruch und rannten entsetzt in die Küche.

Der kleine Zimmerbrand ließ sich gerade noch löschen. Hätten die Großeltern weiter geschlafen, und wäre der Holzstoß neben dem Ofen von den Flammen erfasst worden, hätte vielleicht jede Hilfe zu spät kommen können.

So war Opa etwas mit der Situation versöhnt und behandelte den Kater nicht mehr mit Abneigung, sondern nur noch mit Gleichgültigkeit.

Bei Oma Grete galt Negus aber seit dieser Zeit als ihr Held und Lebensretter, deshalb ließ sie nichts auf ihn kommen.

Der Krieg dauerte an, und die Zeiten wurden immer schwieriger.

Irgendwann wurde den Großeltern der Sohn als Verwundeter von der Front nach Hause geschickt. Er hatte sein linkes Bein verloren und war für eine lange Zeit ein Pflegefall.

Oma Grete war jedoch froh, dass ihr Ältester nicht zu Tode gekommen war, wie so viele der Nachbarssöhne.

Peter freundete sich in der Zeit seines Siechtums sehr mit Kater Negus an, der von da an nicht mehr von seiner Seite wich.

Die Großeltern versuchten dem kleinen Hof noch genügend abzuringen, um sich und ihren Sohn satt zu bekommen. Der Kranke brauchte kräftige Kost, und auch sein Vater, der die ganze schwere Arbeit allein leistete, musste essen.

Irgendwann waren sie ganz verzweifelt und schienen am Ende. Da flüsterte Willi seiner Grete ins Ohr, damit Peter davon nichts mitbekam: „Der Junge verhungert uns und wir beide mit, wenn uns nicht irgendetwas einfällt, bis der Schnee schmilzt und ich im Nachbarort etwas gegen Essen eintauschen kann. Unsere direkten Nachbarn nagen doch selbst alle am Hungertuch."

Grete rang die mageren Hände, Tränen rannen ihr über die hohlen Wangen, und sie schnäuzte sich die tropfende Nase in der fadenscheinigen Schürze.

„Ich weiß auch keinen Rat. Jetzt hilft nur noch beten!", schluchzte sie hilflos.

„Ich hätte da schon eine Idee, die vielleicht ein paar Tage überbrücken könnte." Ihr Mann sah sie so lauernd an, dass sie sofort vermutete, er habe etwas Unredliches im Sinne.

„Wir waren doch immer ehrliche Leute, Willi! Und ich würde lieber verhungern, als dass du dich schuldig machst." Sie sah ihn mit tränennassen Augen bittend an.

„Weib, was du schon wieder denkst! Außerdem, wenn hier keiner was hat, kann ich auch nichts stehlen." Er machte eine kleine Sprechpause, während der er zu Boden blickte und sich räusperte.

„Ich hab an den Kater gedacht. Der ist dank der vielen Ratten und Mäuse fett über den langen Winter gekommen und würde einen guten Braten, und die Knochen sogar noch eine kräftige Brühe, abgeben. Das könnte uns bis zur Schneeschmelze helfen."

Er hatte noch nicht zu Ende geredet, da schlug die Oma voller Entsetzen mit dem Küchenhandtuch nach ihm, bis er aus der Tür in die Kälte hinaus flüchtete.

Grete hatte nun den ganzen Tag ein besonders waches Auge auf ihren geliebten Negus, so dass sich der kranke Sohn schon fragte, was eigentlich mit ihr los sei.

Doch Opa Willi passte den Kater ab, als der kurz hinaus rannte, um sein Geschäft zu erledigen. Er hatte die Axt geschärft, denn das Tier sollte nicht leiden. Außerdem musste ja alles sehr schnell gehen, damit die Frau keinen Verdacht schöpfte.

Als er den Kater endlich gepackt hatte, denn der erwartete natürlich von ihm nichts Gutes, schleppte er ihn schnell in die hinterste Ecke des Stalles.

Wenn die Sache erst einmal durchgestanden war, konnte auch Grete sie mit all ihrem Gezeter nicht mehr rückgängig machen. Der große Hunger würde dann ein übriges tun, dachte Opa Willi bei sich.

Doch hatte er seine Rechnung ohne den wehrhaften kleinen Kerl gemacht!

Als er ihn endlich in der richtigen Position hatte und zum entscheidenden Schlag mit der Axt ausholte, entwand sich das Tier in Todesangst seiner leicht zitternden Hand. Die Axt traf nur noch die Schwanzspitze des Katers, sodass dieser schmerzvoll schreiend davon sauste.

Oma Grete wunderte sich, dass ihr Negus solange in der Kälte ausharrte. Peter hatte auch schon mehrmals vergeblich nach dem Tier gerufen. Nur der Opa saß mit düsterer Miene, den Kopf in die Hände gestützt, am Küchentisch und schwieg unheilvoll.

Schließlich zog sich die Frau eine warme Jacke über und schlüpfte in die Holzklumpen, um den Kater draußen zu suchen. Erst lief sie ums Haus und rief überall nach Negus. Dann durchsuchte sie den Stall nach ihm.

In der hintersten Ecke entdeckte sie schließlich den Hauklotz mit der blutigen Axt und das Stück vom Schwanz des Katers, das dieser eingebüßt hatte.

Ihr Herz schlug bis zum Hals bei diesem Anblick. Sie ergriff laut weinend das blutige Schwanzende und stolperte damit völlig verstört zurück in die Küche.

„Was hast du mit Negus gemacht, du Mordbube", zeterte sie los und warf das Corpus Delicti auf den gescheuerten Küchentisch.

Der Großvater sah sie mit traurigen Augen an und stammelte: „Nichts! Gar nichts! Er ist entwischt. Ich hab's vermasselt!"

„Was heißt nichts? Ist das nichts? Das arme Tier ist verletzt und irrt durch die Kälte. Wenn Negus stirbt, sind wir geschiedene Leute!" Wortlos hängte sie ihre warme Jacke an den Eisenhaken und stellte die Holzklumpen ordentlich neben die Tür.

Tränen rannen ihr über das von Entbehrung gezeichnete Gesicht, aber sie sagte kein weiteres Wort mehr.

„Ach, nun reg dich doch nicht so auf! Dem Viech passiert schon nichts. Katzen haben sieben Leben!", brummte Willi. Dann schlurfte er hungrig hinaus in die Kälte, um nochmals nach dem verflixten Kater zu suchen.

Zwei Tage herrschte eisige Funkstille zwischen den Großeltern. Peter fragte sich, was eigentlich los sei und wo der Kater abgeblieben war, der ihn immer so schön gewärmt hatte.

Seine Mutter und auch der Vater gaben ihm jedoch keine Erklärung sondern schwiegen sich mit düsteren Mienen aus.

Am dritten Tag setzte plötzlich mit aller Gewalt die Schneeschmelze ein, und Opa Willi machte sich mit einigen Habseligkeiten auf den Weg, um diese gegen Lebensmittel zu tauschen.

Sobald er weg war, kratzte Negus maunzend an der Tür. Sein Schwanz war blutverkrustet. Er fauchte böse, als Grete ihn säuberte und mit einem Leinenstreifen verband. Dann schleckte er ein wenig von der dünnen Milch, die Grete der

mageren Kuh noch abgerungen hatte, und hüpf-
te mit einem Satz auf Peters Bett.

Grete ließ Peter in dem Glauben, dass der Kater
in eine Falle geraten war. Auch mit Willi wechsel-
te sie über diesen Vorfall kein Wort mehr, aber
von diesem Moment an lebte der Kater Negus im
Hause der Großeltern wie ein König.

Und da der Krieg bald danach endlich vorbei war,
kehrten auch wieder Friede und Freude in Haus
und Hof ein.

Das Weiße im Auge

Unsere Tante Grete wohnte im Umland von Köln in einem stattlichen sehr gepflegten Haus, welches von einem weitläufigen wilden Garten umgeben war. Als kleines Mädchen hatte ich dort oft mit großer Freude meine Ferien verbracht. Da sie meine Patentante war, liebte sie mich wie ein eigenes Kind und war immer sehr an meinem Wohlergehen interessiert. Das änderte sich auch nicht, als ich meinen Mann kennenlernte, heiratete und selbst zwei Söhne bekam.

Durch meine geänderten Lebensumstände hatte sich allerdings der räumliche Abstand, der nun zwischen uns lag, stark vergrößert. Mittlerweile konnte ich Tante Grete nicht mehr „auf einen Sprung" besuchen, um mit ihr gemütlich Kaffee zu trinken und alle Neuigkeiten auszutauschen. Ich pflegte wenigstens eine Übernachtung bei ihr einzuplanen oder sogar eine ganze Woche dort zuzubringen, wenn mich die Sehnsucht zu ihr trieb.

Tante Grete war eine fröhliche im Herzen junge Frau, die es liebte, Besuch zu bewirten und auch in ihrem Haus genug Platz dafür vorhielt.

Seit ihre Tochter viel zu früh verstorben war, hatte sie lange in dem großen Haus allein gelebt. Nun, da sie mit über achtzig Jahren langsam körperlich etwas abbaute, war ihre Enkelin mit ihrem großen Hund zu ihr gezogen.

Die beiden unterschiedlichen Frauen lebten in einer Symbiose, was wunderbar funktionierte. Andrea war glücklich, dass sie mit ihrem Golden Retriever in dem großzügigen Haus ihrer Großmutter eine Bleibe gefunden hatte. Dafür kümmerte sie sich rührend um die alte Dame. Diese fühlte sich nicht mehr so einsam, seit Andrea bei ihr wohnte.

Zwar musste meine Kusine seither täglich nach Köln zur Arbeit pendeln. Aber sie besaß nun eine kostenlose Wohnung und konnte den großen Hund meist bei ihrer hilfsbereiten Großmutter lassen, die ihn schon als Welpen in ihr Herz geschlossen hatte.

Sammy war ein kluges sehr gutmütiges Tier und mit seinen zwölf Jahren eigentlich schon ein älterer Herr. Andrea, hatte ihn vorbildlich erzogen, weil er sie auch gelegentlich zur Arbeit begleiteten musste. Dort lag er dann stundenlang neben ihrem Schreibtisch in der Anwaltskanzlei, ohne einen Mucks von sich zu geben, scheinbar froh, dass er nicht allein in der öden Mietwohnung in der Innenstadt bleiben musste.

Diese Situation hatte sich, durch den Umzug zu Tante Grete, sehr zum Vorteil des Hundes verändert. Er genoss die Aufmerksamkeiten der alten Dame und vergnügte sich endlos in ihrem großen wilden Garten. Tante Grete störte es nicht, dass Sammy hier und dort nach Mäusen buddelte oder minutenlang die Vögel anbellte. Wenn der betagte Streuner zum Haus zurückkam, frottierte sie ihn mit einem alten Tuch und bürstete sein langes helles Fell mit einer Hingabe, die jedem Hundenarren gut zu Gesicht gestanden hätte.

Seine zahlreichen Hinterlassenschaften, harrten derweil auf Andrea, damit diese sie, nach einem arbeitsreichen Tag, geduldig aufsammelte und entsorgte. Sie murrte darüber niemals, denn es war ja schließlich ihr Hund, den ihre alte Großmutter so liebevoll aufgenommen hatte. Und Gassi gehen konnte die alte Frau mit dem kräftigen Tier beim besten Willen nicht mehr.

Bei meinen regelmäßigen Telefonaten hörte ich von Tante Grete nur Gutes über ihre liebe Enkelin und deren Hund. Es machte mir das Herz froh, dass sich für meine alte Patentante diese wundervolle Lösung aufgetan hatte, da ich ja mit meiner Familie viel zu weit entfernt wohnte, um sie im Alter zu betreuen. Ich dankte Gott, dass er Andrea zu einer gutherzigen jungen Frau hatte heranwachsen lassen, die nicht abgeneigt war, mit ihrer Großmutter in einer Wohngemeinschaft zu leben.

Da ich sehr viel über Tante Grete nachdachte und genauso oft von ihr sprach, machte mein lieber Mann nach einer Weile den Vorschlag, sie wieder einmal zu besuchen. Unsere beiden Söhne gingen inzwischen eigene Wege, wodurch wir nun auch einmal ganz spontan eine Woche wegfahren konnten.

Tante Grete freute sich riesig, als ich uns ankündigte. Ich kam kaum dazu, ihr klarzumachen, dass wir natürlich keine wirklichen Gäste sein wollten, sondern uns in den sieben Tagen intensiv um sie kümmern würden.

Meine Hoffnung, ihr einiges von der täglichen Arbeit abnehmen zu können, zerschmolz schon, als wir sie an der Haustür begrüßten. Sie hatte eine bunte Schürze umgebunden, und dem Haus entströmte ein derart aromatischer Duft, dass mein Magen erwartungsvoll zu knurren begann.

Wir herzten und küssten uns, alles unter Sammys aufmerksamen Blick. Ich streichelte den Hund kurz und stellte den Blumenstrauß für Tante Grete in eine schöne Vase. Dann folgte ich ihr in die Küche, um vielleicht noch hier und da ein wenig hilfreich zu sein.

Mitten in der Küche lag Sammy und hielt die Nase schnuppernd in die Höhe. Tante Grete und ich mussten ständig über ihn hinweg steigen, wenn wir nicht stolpern wollten.

„Du, Tantchen, eigentlich solltest du den Hund aus der Küche verbannen. Was ist, wenn du etwas Heißes in der Hand trägst und über ihn fällst?", wagte ich vorsichtig anzumerken, denn ich wollte mich nicht in ihre Lebensweise einmischen.

„Ach, ja, da hast du vielleicht recht Kindchen! Aber die Küche ist Sammys liebster Platz, wenn er nicht gerade im Garten herumtollt, und das kann ich bei diesem Regenwetter nicht verantworten", antwortete Tante Grete mit einem Seufzer, während sie die Kartoffeln abgoss.

Als ich die Kartoffeln ins Esszimmer trug und in eine Schüssel umfüllte, hörte ich meine Tante in der Küche leise mit dem Hund schimpfen. Ich brachte den leeren Topf zurück und sah gerade, wie Sammy ein Stück Blutwurst aus Tantchens Hand schnappte und sich damit in eine Ecke verzog.

Etwas schuldbewusst blickte mich Tante Grete an und meinte: „Eigentlich darf Sammy nichts zwischendurch, hat Andrea gesagt. Er wird dann zu dick und außerdem ist das gesalzene Zeug nicht so gut für ihn. Aber jedes Mal, wenn ich die Kühlschranktür öffne, stellt er sich mir in den Weg und bettelt."

„Ja, Tantchen, das ist alles Erziehungssache. Du tust weder dir noch dem Hund mit diesem Verhalten einen Gefallen", antwortete ich möglichst milde. Immerhin war Tante Grete schon älter, außerdem warf sie mir meistens vor, ich sei zu streng und überkorrekt.

„Ich versuche ja ständig, ihm das abzugewöhnen. Denn es nervt mich auch gewaltig. Aber immer sieht Sammy mich so bittend an und zeigt das Weiße im Auge… Da kann ich dann nicht anders, mein liebes Kind!"

Während wir uns über Tante Gretes leckeres Essen hermachten, wobei Sammy natürlich auch nicht leer ausging, grübelte ich darüber nach, wie man Tantchen bei diesem Problem helfen könnte. Immerhin hatte ich nun eine ganze Woche Zeit, sie zu unterstützen.

Am Abend führte ich ein kurzes Gespräch mit Andrea, die mir bestätigte, dass es dem Hund nicht guttat, was Tantchen ihm so über den Tag verteilt alles aus dem Kühlschrank zusteckte. Wenngleich Sammy in seinem neuen Umfeld wirklich aufgelebt war, hatte er schon einiges an Gewicht zugelegt. Sie hatte aber ihrer Großmutter gegenüber resigniert, weil sie die Sache nicht in den Griff bekam.

Ich blühte förmlich auf, nun eine interessante Aufgabe vor Augen, mit der ich gleichzeitig etwas für meine liebe herzensgute Tante tun zu könnte, um ihr das Leben ein wenig zu erleichtern.

Der Hund war nämlich eine echte Nervensäge, wie ich am folgenden Tag selbst feststellte. Es war nicht nur die Kühlschranktür, auf die er reagierte, sondern er kam bei jedwedem Türgeräusch gleich angelaufen, steckte den Kopf in den Schrank und bettelte dann, indem er das

Weiße im Auge zeigte, wie die Tante es immer ausdrückte.

Da wir anhaltend feuchtes Wetter hatten, konnte Sammy auch immer nur kurz nach draußen, um sein Geschäft zu erledigen. Also waren wir kaum in der Lage, uns in der Wohnung zu bewegen, ohne dass er uns ständig zwischen den Beinen herumlief.

„Tantchen, im Grunde ist die Erziehung von Hunden ganz einfach, du musst nur konsequent mit ihnen sein!", versuchte ich vorsichtig zu erklären, während meine alte Tante mich zweifelnd ansah. „Wir machen einfach, solange wir hier zu Besuch sind, den Versuch, Sammy dieses nervige Verhalten wieder abzugewöhnen! Was meinst du dazu?"

Meine Patentante schüttelte ungläubig mit dem Kopf, dann meinte sie etwas mutlos: „Ja, schön wäre es schon, wenn er auch mal ne Weile ruhig auf seiner Decke liegen bliebe, ohne dauernd zu betteln. Aber meinst du, das würde gelingen? Er hört doch einfach nicht auf mich, obwohl er alles versteht."

An den folgenden Tagen unseres Aufenthaltes erinnerten mein lieber Mann und ich die Tante ständig daran, dem Hund keine Leckerbissen zuzustecken. Natürlich bekam er sein regelmäßiges Hundefutter und manchmal zur Belohnung einen Hundekuchen, aber der Inhalt des Kühlschrankes blieb für ihn tabu und auch vom Tisch bekam er nicht den kleinsten Bissen.

Ich bemerkte, wie sich meine arme alte Tante innerlich wandt wie ein Lindwurm, wenn Sammy wieder einmal das Weiße im Auge zeigte. Weil sie aber in unserem Beisein keine Schwäche zeigen wollte, riss sie sich gehörig am Riemen.

Die Belohnung blieb nicht aus! Unsere Erziehungsmaßnahme hatte schon nach drei Tagen die ersten Erfolge. Und am vierten Tag konnten wir tatsächlich die Kühlschranktür öffnen, ohne das Sammy auch nur den Kopf hob. Selbst Andrea war von dem schnellen Erfolg überrascht und begeistert.

Tante Grete schien die Veränderung jedoch nicht besonders zu gefallen, oder sie traute vielleicht dem Braten nicht. Mir fiel auf, dass sie sich öfter als nötig am Kühlschrank zu schaffen machte und danach immer wieder ungläubig zu Sammy lief, um ihn genauestens zu mustern.

Schließlich kam der Tag unserer Abreise. Natürlich waren wir alle traurig, dass wir uns nun wieder für längere Zeit trennen mussten. Schon jetzt vermisste ich die vielen anregenden Gespräche und die Fröhlichkeit meiner lieben Tante.

Während mein Mann unsere Koffer zum Wagen brachte, eilte ich nochmals kurz zurück, weil ich meinen Seidenschal an der Garderobe vergessen hatte. Die Tür war nur angelehnt, und so schlüpfte ich schnell ins Haus, ohne mich noch großartig bemerkbar zu machen. Denn mein Gatte saß schon hinter dem Steuer und drängte auf baldige Abfahrt.

„Ach, komm nur mein Liebling! Hier haben wir doch bestimmt was Gutes für dich", hörte ich meine Tante Grete in der Küche säuseln, während sie die Kühlschranktür mit einem satten „Plopp" öffnete. „Jetzt sind sie weg, und alles ist endlich wieder wie immer!" Darauf hörte ich Sammy einmal dankbar und vernehmlich bellen.

Der große Hut

Meine Großmutter mütterlicherseits besaß eine so schillernde Persönlichkeit, dass man mehrere Bücher über sie schreiben könnte, bei denen niemanden so schnell die Langeweile ereilen würde.

Sie war zudem eine begabte Geschichtenerzählerin. Selbst wenn wir uns nie sicher sein konnten, ob die Begebenheiten, die sie so interessant und abendfüllend zum besten gab, auch nur ein Fünkchen Wahrheit enthielten, lauschten wir Enkelkinder ihr stets mit schweigender Hingabe.

Am liebsten waren uns die Erzählungen aus ihrer Kindheit und Jugend, die uns anschließend mit pochenden Herzen und roten Wagen ins Bett schlüpfen ließen. Wo wir meistens noch lange wachlagen, um die erstaunlichen Bilder, die Oma Liesel mit ihren Worten gemalt hatte, im Geiste revuepassieren zu lassen.

Eine meiner Lieblingsgeschichten stammte aus ihrer Jugendzeit, die sie glücklicherweise nicht mehr im Waisenhaus bei den strengen frommen Schwestern zubringen musste.

Sie hatte eine Bleibe bei einem verwandten Ehepaar in der Nähe von Köln gefunden. Dort half sie im Haushalt und wartete im Grunde nur darauf, dass sich ein fescher junger Mann ihrer erklärte und sie zum Weibe nahm. So erging es damals der Mehrzahl aller jungen Mädchen, wie sie uns immer versicherte.

Der Onkel war nicht arm. Er betrieb ein großes Beerdigungsinstitut, das sehr gut florierte und die Familie leidlich ernährte. Auf eine Mitgift konnte Oma Liesel jedoch nicht hoffen, denn Onkel und Tante besaßen bereits zwei eigene Töchter, die noch jünger waren als sie, aber natürlich die angestammten Rechte inne hatten.

Dennoch erlebte sie, nach ihren Angaben, hier eine sehr glückliche Zeit und fühlte sich keineswegs, wie ein Aschenputtel im Hause ihres Onkels.

Die Tante war eine dralle lustige Person, die ständig ein Lied auf den Lippen hatte und eigentlich zum traurigen Geschäft ihres Mannes so gar nicht passen wollte. Und auch der Onkel war außerhalb der Geschäftszeiten, wenn er seinen schwarzen Traueranzug abgelegt hatte, sehr leutselig und lebensfroh.

Oft wurden Gäste eingeladen und großzügig bewirtet. Großmutter musste dabei die Tante nach Kräften unterstützen.

Da sie aus der Zeit im Waisenhaus schwere Arbeit gewohnt war, ging ihr alles leicht von der Hand. Die lockere Atmosphäre des Hauses machte sie fröhlich. Sie bekam niemals Schläge, und die vielen netten Gäste lächelten ihr meistens sehr freundlich zu.

Manchmal hörte sie, während sie mit dem Geschirr in die Küche eilte, dass jemand ihren Onkel fragte, wer denn dieses hübsche junge Mädchen sei. Sie konnte zwar nicht stehen bleiben, um zu lauschen, fühlte sich aber schon allein dadurch geehrt, endlich wahrgenommen zu werden.

Dennoch fragte sie sich oft, wie sie jemals einen passenden Mann finden sollte, wenn sie nur im Hause hockte und in der Küche half?

Onkel und Tante hatten darüber auch nachgedacht. Sie schätzten Liesels Hilfe im Haus zwar sehr, wollten aber ihrem Glück nicht im Wege stehen. So kaufte ihr die Tante ein wundervolles Kleid aus zarter türkisfarbener Seide mit Spitzen abgesetzt und einen passenden Hut, der so groß war wie ein Wagenrad.

Oma Liesel besaß ein altes sehr vergilbtes Foto aus der Zeit, dass sie an dieser Stelle der Geschichte jedes Mal hervorkramte und uns unter die Nasen hielt. Wir durften es nie berühren. Aber es bewies in unseren Augen, dass wenigstens diese Geschichte der Wahrheit entsprach.

Ich liebte das alte Foto, auf dem meine Großmutter wie eine wunderschöne Diva aus der Stummfilmzeit wirkte. Sie trug ein nachträglich koloriertes Kleid und ebendiesen pompösen Hut, hielt kapriziös eine unnatürlich lange Zigarettenspitze in der Hand und rekelte sich verführerisch auf einem Canapé.

Ich glaubte ihr aufs Wort, dass viele Männer sich ihretwegen geprügelt oder sogar duelliert hatten. Und war sehr traurig, als ich das Bild nach ihrem Tode nirgends in den alten Unterlagen ihres Nachlasses finden konnte.

Mit diesem neuen Outfit war für Oma Liesel auch eine ganz neue Zeit angebrochen.

Onkel und Tante erlaubten ihr auszugehen!

Die einzige Voraussetzung war, dass sie sich von einem sehr langweiligen jungen Mann, der im Beerdigungsinstitut ihres Onkels arbeitete, begleiten ließ.

Alfons war blassblond und hochaufgeschossen, dabei spindeldürr und von Sommersprossen übersät. Er hatte aber ein liebes geduldiges Wesen, was ihm ermöglichte, die temperamentvollen Ausbrüche meiner Großmutter, genau wie ihre seltsamen kreativen Einfälle, sehr gelassen zu ertragen. Dabei himmelte er sie an, ohne ihr jemals etwas übel zu nehmen.

Obwohl Alfons das Interesse meiner Großmutter nicht im geringsten erregte, blieb ihr keine andere Wahl. Entweder musste sie zuhause versauern oder durfte mit ihm im Schlepptau das Nachtleben von Köln genießen. Der Onkel stellte immer großzügig eine seiner schwarzen Kutschen zur Verfügung, weil er wusste, dass sein Angestellter damit pfleglich umging.

Die mahnenden Worte, mit denen die Tante ihre abendliche Verabschiedung jeweils begleitete, waren von den jungen Leuten so schnell vergessen, wie sie verhallten.

Liesel stürzte sich ins Abenteuer der schillernden Großstadt und wäre wahrscheinlich, ohne Alfons sittsame Begleitung, sehr bald richtig unter die Räder gekommen. Was wir Kinder uns bei ihren Andeutungen natürlich je nach Alter in den wildesten Farben ausmalten.

Sie lernte viele Leute kennen, denen mehr am Feiern gelegen war, als an ehrlicher Arbeit. Auch die strengen Lehren des katholischen Waisenhauses, die ihr gewöhnlich in den Ohren klangen, ohne dass sie etwas dagegen hätte tun können, wurden hier zu Schall und Rauch.

Von der Tante erhielt Liesel zwar wöchentlich ein kleines Taschengeld, dieses konnte sie allerdings nicht für unnütze Dinge ausgeben. Auch Alfons verdiente gerade mal so seinen Lebensunterhalt und unterstützte noch seine kranke Mutter, also war er nicht in der Lage sie auszuhalten.

Glücklicherweise gab es scharenweise betuchte Kavaliere, die einer jungen hübschen Dame Getränke spendierten, wenn sie ihnen dafür ein paar Tänzchen schenkte oder sie einen Abend mit ihrer anregenden Gesellschaft beehrte.

Alfons blieb immer dezent im Hintergrund. Liesel gab ihn entweder als ihren Bruder oder ihren Vetter aus, der auf sie aufpassen sollte. Auch für ihn fielen dabei hier und dort ein paar Bierchen oder sogar ein Pokal mit Rheinwein ab. Eifersucht fühlte er nicht oder verstand sie geschickt zu verbergen.

Auch wenn Onkel und Tante ihr nur gelegentlich am Samstagabend erlaubten auszugehen, empfand Liesel es wie den Himmel auf Erden. Solange sie Sonntags brav aufstand und zeitig mit der ganzen Familie zur Messe ging, hörte sie kein misstönendes Wort.

Die Tante half ihr sogar, das wundervolle Kleid, das natürlich von den Ausschweifungen manchmal in Mitleidenschaft gezogen wurde, hin und wieder zu säubern oder unauffällig zu reparieren. Denn mit der Nadel konnte Liesel leider überhaupt nicht umgehen, was ihr bei den Nonnen so manche Tracht Prügel eingebracht hatte.

An einem wundervollen milden Abend im Frühling traf Liesel in einem Tanzlokal auf einen stattlichen Offizier in Uniform. Er war sehr großzügig und tanzte mit ihr, dass der ganze Saal ihnen neidisch zuschaute. Meine Großmutter fühlte sich auf „Wolke Sieben". Sie sprach dem Schampus reichlich zu und wirbelte nur so durch den Saal, dass die Röcke flogen. Da sie schnell intensive Gefühle für den stattlichen Tänzer entwickelte, drang der Alkohol ihr geschwinder ins Blut, als sie es gewöhnt war.

Derweil das Tanzlokal seine Türen schloss, war die Zeit schon fortgeschritten, und der unwiderstehliche Offizier half Alfons dabei, die lallende und schwankende Liesel in die Kutsche zu setzen.

Der verlässliche Bursche brachte sie im Morgengrauen sicher nach Hause. Er stellte die Kutsche ab und öffnete ihr leise die Tür. Sie betrat das Haus spät abends immer mit dem Schlüssel, den Alfons für das Beerdigungsinstitut besaß. Liesel ging dann gewöhnlich durch eine versteckte Tür, die sich hinter dem Sarglager befand, hinüber in die Wohnung. Von dort schlich sie leise wie ein Mäuschen in ihre kleine Kammer unter dem Dach.

Während Alfons den Zossen versorgte und dann schnellstens sein Bett aufsuchte, tastete sich Liesel vorsichtig durch die Dunkelheit des Beerdigungsinstitutes. Sie wankte stark hin und her, wobei sich alles in ihrem Kopf zu drehen begann. Es war ihr unmöglich, sich richtig in der Finsternis zu orientieren. Als ihre Finger plötzlich über etwas himmlisch Weiches, Seidiges strichen, überkam sie eine bleierne Müdigkeit, und sie legte sich so wie sie war auf der Stelle nieder, um ihren Rausch auszuschlafen.

Die Sonne stand schon hoch am Himmel, als sie an diesem Sonntagmorgen erwachte. Ihr Kopf dröhnte noch von den Sünden der Nacht, und das insistierende Klopfen, das sie wahrnahm, ging ihr auf die Nerven. Also schob sie den großen Hut, der ihr im Schlaf über das Gesicht gerutscht war, etwas unwirsch zurück, um dem Lärm auf den Grund zu gehen.

Was sie allerdings sah, als sie sich aufrichtete, trieb ihr die Schamröte in die Wangen. Zwei kleine Jungen in niedlichen Matrosenanzügen klopften laut lachend gegen die Schaufensterscheibe des Beerdigungsinstitutes. Dahinter stand die halbe Kirchengemeinde im Sonntagstaat, die Gesangbücher in den sauber gewaschenen Händen, und starrte sie voll ungläubigem Entsetzen an.

Da wurde ihr schlagartig bewusst, dass sie sich mit Kleid und Hut in dem edel ausgestatteten Sarg in der Auslage des Geschäftes befand.

Ihre Tante verpasste ihr, nachdem sie vom Kirchgang zurückkam, zum ersten Mal zwei gepfefferte Ohrfeigen. Kleid und Hut wanderten auf Nimmerwiedersehen in eine große Truhe auf dem Dachboden. Mit den wundervollen Wochenendtouren war es vorüber.

Liesel wurde einem strengen Küchenchef in die Lehre gegeben und musste das Haus des Onkels leider verlassen, was dann wieder eine andere Geschichte meiner Großmutter ist.

Das tote Vöglein

Miriam hatte, im Gegensatz zu ihrer besten Freundin Eva, nie eigene Kinder bekommen. Sie arbeitete als Studienrätin an einem Gymnasium und war deshalb während des Unterrichtes ständig mit jungen Menschen beschäftigt, so dass sie das Muttersein eigentlich nicht vermisste. Nachdem die erste Zeit der Resignation über ihre ungewollte Kinderlosigkeit verstrichen war, hatte sie an dem jetzigen Zustand sogar gewisse Vorteile entdeckt.

Nicht immer waren Kinder niedlich, süß oder unterhaltsam. So manches Mal hatte sie sich über einige unerzogene Schüler auch schon ärgern müssen. Oder sie beobachtete genervte Mütter mit ihren quengelnden Kleinkindern im Einkaufszentrum. Dann war sie jedes Mal erleichtert, in ihr ruhiges friedliches Zuhause zurück zu kehren.

Ihr Haus war zwar für sie und ihren Mann ein bisschen zu groß geraten, aber ihr lieber Hund, eine mittelgroße Promenadenmischung, und die beiden wuscheligen Katzendamen, brachten gerade soviel Leben und Unordnung hinein, wie es erträglich war.

Wenn sie dann doch einmal Sehnsucht nach Kindern verspürte, half ihre liebe Freundin Eva gern damit aus.

Sie nannte sechs Sprösslinge ihr Eigen und arbeitete als freie Journalistin nur noch von zuhause aus, weil es sonst einfach nicht zu leisten war. Miriam bewunderte die Freundin sehr für ihr Organisationstalent und die grenzenlose Geduld, mit der diese ihr anstrengendes Leben meisterte.

Da sie die Patentante der ältesten Tochter war, hatte sie die Entwicklung sämtlicher sechs Kinder der Freundin intensiv mit verfolgt und, soweit ihre Arbeit es zuließ, auch begleitet und unterstützt.

In den Sommerferien kam Hanna häufig zu ihr, und manchmal brachte sie auch ein oder zwei kleinere Geschwister mit. Dann waren Haus und Garten für eine Weile von prallem Leben erfüllt. Die fröhliche Zeit ging für Miriam meistens viel zu schnell vorbei. Nur der Hund und die Katzen schienen anschließend aufzuatmen, dass sie wieder ihre Ruhe vor den vielen aufdringlichen Patschhändchen hatten.

Am Anfang, als Hanna noch Einzelkind war, fuhren die beiden Freundinnen hin und wieder gemeinsam mit ihr für ein paar Urlaubstage an die Nordsee. Hanna liebte die See vom ersten Moment an. Das kleine Mädchen war, sobald sie an den Strand kamen, nur noch mit dem Sammeln von Muscheln und Steinen beschäftigt, so dass die Frauen aufpassen mussten, sie nicht zwischen den anderen Urlaubern zu verlieren.

Eines Tages kam die Kleine ganz aufgeregt zu Miriam gelaufen und rief: „Tante Miriam komm schnell! Högelein! Högelein!" Sofort folgte die Patentante der kleinen Hanna, die so geschwind durch den Sand zur Wasserlinie tapste, dass sie in ihren leichten Sandalen kaum mithalten konnte.

Als sie die Stelle endlich erreichten, sah Miriam, was ihr Patenkind so beunruhigte. Eine tote Möwe lag völlig zerfleddert am Wassersaum und wurde von den auflaufenden Wellen ständig sachte hin und her getragen.

Miriam nahm das Mädchen in die Arme, streichelte sanft über ihren Rücken und erklärte: „Oh, ja, mein Schatz, das ist ein toter Vogel, eine Möwe. Die darfst du nicht anfassen. Das Meer wird bald kommen und sie holen."

Da die Kleine weiterhin zwar verstört wirkte aber auch sehr interessiert, konnte die Lehrerin nicht anders, als ihrem Patenkind die Dinge um Leben und Tod etwas genauer zu erklären. Das fiel ihr gar nicht so leicht, und so versuchte sie es mit Vergleichen aus der Lebenswelt des Kindes.

Da sie wusste, dass Hannas Puppe in der Vorwoche kaputt gegangen war und nach einem hoffnungslosen Versuch ihres Vaters, sie zu reparieren, letztendlich durch eine neue ersetzt werden musste, versuchte Miriam es mit dem Hinweis auf kaputte Gegenstände zu erklären.

„Schau, mein Liebling, mit den Tieren ist es ähnlich, wie mit deiner Puppe Mia! Ein Tier kann auch kaputt gehen. Man nennt das dann krank werden, weil es ein Lebewesen ist. Wenn es ganz schlimm ist und kein Tierdoktor mehr helfen kann, stirbt der Vogel. Dann ist er tot. Wenn man viel Glück hat, gibt es einen neuen." Sie deutet zum Himmel und zeigte lächelnd auf die vielen Möwen, die dort ihre Kreise zogen. „Wir haben großes Glück! Dort sind schon ganz viele neue Möwen."

Hanna schaute aber nur flüchtig zu den quicklebendigen weißen Vögeln am Himmel, sie beobachtete lieber die zerfledderte Leiche, die im

Wasser dümpelte. Miriam hatte große Mühe, sie zum Strandkorb zurück zu lotsen. Letztendlich gelang es nur mit dem Versprechen auf ein großes Eis, das Mädchen wieder zur Mutter zu bringen. Auch noch während die Kleine das Eis schleckte, warf sie immer wieder einen aufmerksamen Blick in die Ferne und murmelte vor sich hin: „Tote Högelein, tote Högelein!"

Hanna stellte beim ins Bett gehen nochmals viele Fragen zu dem toten Vogel, die ihre Mutter Eva ihr sehr geduldig und möglichst kindgerecht beantwortete. Als Schlaflied sang die Mutter dann ganz spontan: „Kommt ein Vogel geflogen, setzt sich nieder auf deinen Fuß, hat ein Briefchen im Schnabel, von dem Papa einen Gruß." Das gefiel der Kleinen, und da sie sehr müde von der Nordseeluft war, schlief sie bald ein.

Die Freundinnen unterhielten sich bei einer guten Flasche Wein noch eine Weile über diese Begebenheit, weil ihnen die Reaktion der Zweijährigen zu denken gab, dann gingen auch sie schlafen und hofften, dass am nächsten Tag alles vergessen wäre.

Aber – weit gefehlt! Hannas ganzes Interesse galt nur noch dem toten Vogel. Sobald sie an den Strand kamen, lief sie los, den anhaltenden Ruf

„Tote Högelein gucken!" auf ihren Lippen, um die Überreste der toten Möwe zu suchen. Miriam begleitete sie selbstverständlich sehr geduldig und aufmerksam.

Natürlich hatte das Meer in der Zwischenzeit den Strand teilweise überspült und nichts so gelassen, wie es vorher war. Aber Hanna ließ sich nicht von ihrem Vorhaben abbringen und fand schließlich einen Vogelkadaver. Ob das die Möwe vom Vortag war, ließ sich nicht mit Bestimmtheit sagen, dennoch war das Mädchen sehr zufrieden. Es deutete auf die sterblichen Überreste der Möwe und stellte wieder ihre kindlichen Fragen.

„Warum kann das Högelein nicht fliegen? Warum ist es denn kaputtgangen? Wo ist denn der Tierdoktor? Warum ist das denn nun tot? Wo bringt das Meer das Högelein hin?"

Miriam war sehr geduldig, aber nach und nach auch damit überfordert, immer dieselben Fragen zu beantworten. Die Faszination der kleinen Hanna an diesem halbverwesten Kadaver konnte sie nicht verstehen.

Sie hätte gern die Aufmerksamkeit des Kindes wieder auf die bunten Muscheln und glatten Steinchen gelenkt, für die es sich immer begeistert hatte, aber es gelang ihr nicht. Hanna konnte immer nur kurz mit Ausflügen auf den großen Spielplatz oder mit der Aussicht auf Leckereien von ihrem Lieblingsthema abgelenkt werden.

Selbst als die beiden Frauen sich am folgenden Tag dazu entschlossen, den Kadaver in allen Ehren im Sand zu vergraben, gab das Mädchen keine Ruhe und suchte weiter nach toten Vögeln.

Diese Begebenheit lag lange zurück. Hanna war unter den wachsamen Augen der Eltern und ihrer Patentante zu einer wundervollen jungen Frau herangewachsen. Sie hatte ein sehr gutes Abiturzeugnis bekommen und wollte damit ein Studium beginnen.

Wieder einmal waren die beiden Freundinnen zusammen weggefahren. Sie hatten sich eine kleine Auszeit am Meer genommen. Das Wetter zeigte sich von seiner besten Seite. Sie saßen gemütlich in ihrem Strandkorb und beobachteten gelassen die kreischenden Möwen. Irgendwo lärmten fröhlich ein paar Kinder, die nicht zu ihnen gehörten, und sie lächelten sich entspannt an.

„Weißt du noch: ‚Tote Högelein‘?", meinte Miriam schmunzelnd.

„Ja, wie könnte ich das jemals vergessen", lachte Eva. „Du weißt ja selbst, dass Hanna diesen Hang zum Skurrilen nie mehr abgelegt hat. Denke mal an ihre Sammlung kaputter Gegenstände. Und später das Glasauge ihres verstorbenen Onkels, die Schaufensterpuppe ohne Arme, das Gebiss von Tante Else, den ausgestopften von Motten zerfressenen Fuchs - alles musste sie unbedingt behalten. Den größten Ärger gab's, als ich ihr auf dem Flohmarkt nicht das Holzbein eines Kriegs- veteranen kaufen wollte. Sie hat damals tatsäch- lich vor Wut mit dem Fuß aufgestampft. So kann- te ich sie vorher gar nicht."

„Ja, ich erinnere mich. Wir haben uns dann im- mer gefragt, was aus dem Mädchen wohl mal werden wird. Es gibt ja ne Reihe skurriler Berufe, die ich ihr zugetraut hätte", meinte Miriam nachdenklich.

„Nun ja, sie kann immer noch ein skurriles Hobby betreiben, wenn sie mit dem Studium mal fertig ist und in Amt und Würden." Eva malte mit ihrer nackten Zehe Muster in den Sand.

„Ja, wenn sie wenigstens Ornithologie studieren wollte - aber Altgriechisch und Latein?"

Plötzlich sahen sich die Freundinnen an, und Miriam zwinkerte Eva zu. „Tote Sprachen! Da ist sich Hanna ja doch irgendwie treu geblieben."

Die Botschaft

Irene hielt sich eigentlich nicht für besonders gläubig oder *spirituell*, wie es heutzutage meistens ausgedrückt wird.

Sie war ein ganz normales Mitglied in der katholischen Kirchengemeinde, dazugehörig seit ihrer Taufe als Säugling. Dann folgten irgendwann automatisch die „Erste heilige Kommunion" und die „Firmung".

Ihre Hochzeit wurde schon nicht mehr in der Kirche gefeiert, da ihr lieber Mann ein überzeugter Atheist war. Immer, wenn sie religiöse Themen anschnitt, erstickte er das Gespräch im Keim mit den Worten: „Nun hör' mir doch auf mit den Ammenmärchen! Ist doch alles Leuteverdummung. Religion ist Opium fürs Volk."

Es machte sie hin und wieder traurig, dass Wolfgang in diesem Punkt einer so vollkommen gegensätzlichen Meinung war, denn ansonsten hielt sie ihn noch immer für den idealen Partner.

Ihre beste Freundin pflegte sie gewöhnlich damit zu trösten, dass keine Frau mit ihrem Gefährten immer nur einer Meinung sein konnte und persönliche Interessen nicht unbedingt von beiden geteilt werden mussten.

„Es gibt doch auch noch viele andere Freunde und Bekannte, mit denen du deine religiösen Themen besprechen oder spirituelle Fragen diskutieren kannst. Sieh zum Beispiel mich an!" Helgas strahlend türkisfarbene Augen, die vor Begeisterung kugelrund wurden und in ihrem lieben Gesicht leuchteten wie Sterne am Nachthimmel, lächelten ihr aufmunternd zu. Die beiden Frauen umarmten sich dann herzlich, wodurch es Irene jedes Mal wieder besser ging.

Leider bekam Helga mit knapp fünfzig Jahren, bei einer Routineuntersuchung überraschend die Diagnose Krebs.

Das fortgeschrittene Karzinom saß im Bereich der Speiseröhre und war bereits inoperabel. Die Familie und den Freundeskreis traf diese Tatsache wie ein Schock. Helga hatte immer sehr gesund gelebt. Sie rauchte nicht, trank Alkohol nur in Maßen und war sogar seit zwei Jahren Vegetarierin. Irgendwie war das Leben ungerecht!

Es ging ziemlich rapide mit ihrem körperlichen Abbau. Sie lehnte eine Bestrahlung wegen der zu erwartenden Strahlenschäden rigoros ab. Auch eine palliative Chemotherapie, die ihre Lebensqualität stark beeinträchtigt hätte, kam für Helga nicht infrage. Nur eine ihrer jahrelangen Freundinnen, die als Ärztin für Naturheilverfahren praktizierte, durfte sie während der Krankheit medizinisch betreuen.

„Ich habe natürlich sofort eine Patientenverfügung gemacht, damit die Ärzte nicht unnötig an mir rumhantieren und mein Leiden damit nur verlängern", erklärte sie Irene, die im Hospiz an ihrem Bett saß, um ihr in den letzten Tagen beizustehen.

„Alle denken, dass ich nun tottraurig sein müsse, weil mein Leben bald zu Ende geht." Ihre unverändert schönen Augen waren sinnend an die hellblau gestrichene Zimmerdecke gerichtet. Das Gesicht wirkte um Jahre gealtert und zeigte tiefe Falten.

„Nun, dieses Leben ist eben alles, was uns wichtig ist und was wir kennen. Darüber hinaus müssen wir uns auf den Glauben verlassen. Das ist eine heikle Sache!" Irene ergriff die kraftlose Hand der Freundin.

„Das stimmt natürlich. Das ist unser altes Problem: Sollen wir nun an ein Leben nach dem Tod glauben, oder ist das alles Humbug?" Helga fiel das Sprechen schwer, also übernahm Irene für eine Weile das Reden.

„Ich hab dir doch schon von Tante Hilde erzählt, die ihren verstorbenen Ferdinand bis zu ihrem eigenen Tod jede Nacht als guten Geist gesehen hatte. Sie behauptete damals steif und fest, dass er immer an ihrer Seite sei und sogar Dinge für sie regelte, wenn sie darum bat."

Ein kleines Lächeln stahl sich auf das gelbliche Gesicht der Kranken, und sie drückte die Hand der Freundin zart.

„Dann ist da diese Sache mit der alten Uhr meiner Mutter. Als mein Bruder vor zehn Jahren den tödlichen Unfall hatte, soll diese alte Pendeluhr, die nur noch zur Zierde an der Wand hing, plötzlich wieder zum Leben erwacht sein und fünf Gongschläge von sich gegeben haben. Die Zeiger blieben dann genau auf zwölf Uhr stehen. Das letzte kann ich immerhin bezeugen, denn meine Mutter hat die Uhr danach nie mehr angerührt.

Und warum sollten die Menschen, denen solche unerklärlichen Dinge passiert sind, denn überhaupt lügen?" Irene trank einen Schluck Mineralwasser, es war sehr warm in Helgas Krankenzimmer.

„Ich denke, die Wahrscheinlichkeit ist sehr hoch, dass danach nicht alles zu Ende ist." Helga zog sich fröstelnd die bunt gemusterte Bettdecke unter das Kinn. Eine Pflegerin in freundlicher Kleidung schaute ins Zimmer und fragte, ob die Kranke einen Wunsch habe. Diese schüttelte nur leicht den Kopf und versuchte ein dankbares Lächeln.

Als sich die Zimmertür wieder geschlossen hatte, flüsterte sie dann: „Wollen wir beide eine Verabredung treffen? Es dauert nicht mehr lange, dann bin ich dort, wo wir alle am Ende hingehen." Die Erschöpfung zwang sie zu einer kleinen Verschnaufpause, derweil Irene sie erwartungsvoll beobachtete.

„Ich hatte hier viel Zeit zum Nachdenken. Es darf keine spektakuläre Sache sein, denn vielleicht bin ich im Jenseits zu solchen Dingen nicht in der Lage. Aber eine kleine Geste vielleicht. Ich hab mir überlegt, dass ich dir ein Herz aus Licht schicken werde. Wie, wann und wo ich das hinbekomme wirst du dann noch sehen." Sie blickte der Freundin so tief in die Augen, dass diese eine Gänsehaut bekam.

„Ja, wenn ich das Herz aus Licht dann sehe, werde ich wissen, dass es eine Nachricht von dir ist,

und daher der Tod nicht das Ende sein kann",
meinte Irene sinnend.

Noch war ihr das alles zwar etwas unheimlich,
und sie konnte sich unter einem Herzen aus Licht
vielerlei und nichts vorstellen. Dennoch stimmte
sie der Abmachung zu, um ihrer lieben Freundin
nicht alle Hoffnung zu nehmen.

Irene sah ihre Freundin Helga nicht lebend wieder. Es folgte eine große Beerdigungsfeier, bei
der alle Freunde und Verwandten großzügig be-
köstigt wurden, denn so hatte Helga es in ihrem
letzten Willen verfügt. Danach war Irene dann
mit ihrer Trauer um die beste Freundin allein
gelassen.

Etwa ein Monat war vergangen, sie spürte noch
manchmal die große Lücke, die Helgas früher Tod
in ihr eigenes Leben gerissen hatte, aber irgendwie lief auch alles weiter. Zwar war es ein etwas
anderes Leben, ohne die verständnisvolle Freundin, aber es war doch auch lebenswert.

Die Vereinbarung über den Tod hinaus, die Helga
mit ihr getroffen hatte, war irgendwie ins Unter-
bewusstsein gerutscht.

An einem wunderschönen fröhlichen Tag im Au-
gust waren Wolfgang und Irene bei Freunden zu

einer Grillparty eingeladen. Irene saß am Tisch und wartete darauf, dass Wolfgang ihr ein leckeres Steak vom Grill brachte.

Die im Untergehen begriffene Sonne tauchte den Garten in einen warmen rötlichen Schimmer. Sie beobachtete für einen Moment die scherzenden Männer, die sich um den Grill versammelt hatten.

Als ihr Blick schließlich zurück über die liebevolle Tischdekoration wanderte, entstand auf ihrem leeren weißen Teller, zu ihrer Verwunderung, eine rote Lichtspiegelung, die einem kleinen Herzen glich. Noch während sie versuchte, deren Ursache zu erkunden, kam Wolfgang mit einem saftigen Steak und legte es schwungvoll auf ihren Teller.

Da war der zarte mystische Moment vorüber, als hätte es ihn nie gegeben.

Epilog

Sofern den Geschichten einmal wahre Begebenheiten zugrunde lagen, wurden diese zum Schutz der betroffenen Menschen verändert.

Alle Personen und Namen sind frei erfunden. Jede Übereinstimmung mit wirklichem Geschehen oder tatsächlich lebenden Menschen wäre rein zufällig und ist von der Autorin nicht beabsichtigt.

Danksagung

Mein herzlicher Dank richtet sich besonders an meine Familie, die mein Hobby seit Jahren geduldig erträgt und mir ihre Unterstützung ständig in vielerlei Form zukommen lässt.

Für einige Geschichten lieferten die Erzählungen meiner Mutter den entscheidenden Impuls.

Marion Scheer

Dackel Willis Begegnung mit einer Kuh

Dackel Willi bellt heut froh:
"Das ist mal ein feines Klo,
alles Wiese voll mit Blumen,
Vögel zwitschern, Hummeln brummen.
Herr und Frauchen haben Zeit,
keine Autos weit und breit."

Voll Elan rennt er gleich los,
doch wo sind die Bäume bloß?
Da - vier stattlich braune Säulen,
hier muss Willi schnell verweilen.
Hebt sein Beinchen artig an -
hätt' er's lieber nicht getan!

Die Kuh Berta brüllt empört,
weil sich sowas nicht gehört,
schleudert kräftig ihren Schweif,
und dann ist der Dackel reif.
Unter urigem Geläut,
wird der Willi durchgebläut.

Herrchen naht gar schnell als Retter,

doch er geht gleich auf die Bretter.

Auch das Frauchen kämpft verbissen,

will den Willi niemals missen.

Schließlich gibt die Berta auf,

kotet und verschwindet drauf.

Dackel Willi und die Menschen,

alle sehr lädiert vom Kämpfen,

leisten heimlich einen Schwur:

"Niemals mehr soviel Natur!"

Marion Scheer

(November 2002, verfasst zu einem Zeitungsartikel "Kuh verletzt Urlauberpaar mit Dackel")

Weitere in diesem Verlag

erschienene Bücher

von Marion Scheer:

Die Frau des Quacksalbers

(Ostfrieslandkrimi)

Die Deichhexe

(Ostfrieslandkrimi)

Hundeverbot

(Ostfrieslandkrimi)

Drachenliebe

(fantastische Geschichte)